À tes souhaits...

Du même auteur

Un super héros sinon rien

Juste devant toi (série en 4 épisodes)

Parus aux éditions Reines-Beaux

J-10, dernière chance

Pour un sourire de Théo

Juste devant toi (version Brochée)

À paraître chez Blackmoon-Romance

Incroyable Fiancé (2017)

Toi & Moi, désastre assuré (2017)

À tes souhaits...

Maddie D.

Crédits photos : Depositphotos

Design de couverture : © William Salvatore

Corrections et refonte : Team C & C

ISBN-13 : 979-10-94216-17-0

À Virginie...

N'oublie pas que même quand tout semble aller mal, au bout du compte, il y a toujours quelque chose de positif...

- 1-

Caleigh

12 octobre 2014

— Tu es sûre, tu ne veux pas que je t'emmène à l'aéroport ?

Je regarde ma sœur et pousse un grognement. Le matin est, pour moi, le pire moment de la journée. Inutile de me parler tant que je n'ai pas avalé mon café et fumé ma cigarette – habitude déplorable d'après ma mère, que je me fais une joie d'entretenir juste pour le charmant regard noir qu'elle ne manque jamais de me lancer.

Sasha vient s'asseoir en face de moi, de l'autre côté du comptoir, et me fixe patiemment avec ce petit sourire qu'elle me jette depuis notre enfance – celui qui me dit que je finirai, de toute façon, par lui répondre. Nous sommes toutes deux tellement différentes que les gens ont souvent du mal à intégrer que nous sommes sœurs. Je sais que je suis plutôt jolie, mais rien à voir avec Sasha. Elle, c'est une bombe : grande, blonde, la peau joliment halée par le soleil de Californie. Pour couronner le tout, c'est aussi une tête : sortie major de sa promotion avec deux ans d'avance, elle termine actuellement son cycle d'internat en pédiatrie au centre Lucile Packard de Stanford et elle n'a que vingt-six ans ! Bref, elle a tout pour elle : beauté, gentillesse, intelligence. Moi, c'est autre chose... je suis petite, mes cheveux n'ont visiblement pas choisi leur couleur définitive – on ne sait pas trop s'ils sont blonds, cuivrés ou châtains. Comme moi, ils sont rebelles et indisciplinés. Là où ma sœur est douce et délicate, je suis un bulldozer et une grande gueule.

Côté études, je suis en second cycle d'arts, ce qui au départ avait ravi *mère*, qui me tanne pour que je marche dans ses pas, ce qui revient à devenir la femme d'un éminent chirurgien et parader lors de soirées caritatives.

Comme si j'avais une tête à jouer les potiches !

Sa joie s'est vite tarie lorsqu'elle a découvert – grâce à une petite souris qui avait laissé traîner des invitations pour une exhibition – que lorsque je ne suis pas en cours, je travaille dans un bar, disons... un peu spécial. Rien de bien méchant, à vrai dire, si on excepte le fait que j'y performe environ trois soirs par semaine en petite tenue. Je m'adonne, entre autres, au body painting, une discipline qui me permet de donner libre cours à mon imagination. L'Underground Art Café, ou UAC, a vocation de faire émerger de jeunes talents de la scène artistique du Village, en plus d'être un débit de boissons et une boîte de nuit. C'est le lieu rêvé pour présenter mes travaux, qu'il s'agisse de photographie ou de peinture.

Maddie D.

En outre, je suis aussi une serveuse plutôt agréable et efficace.

En somme, contrairement à la voie que ma mère a tracée pour moi, j'ai choisi un cursus un peu moins rangé et traditionnel. Moi, je me destine à devenir… en fait, je ne sais pas vraiment ce que je veux faire. J'aime la peinture, la photographie ; pour la sculpture, par contre, les cours théoriques m'ennuient profondément. Malheureusement, il faut en passer par là. Je rêve du jour où je décrocherai mon master. En attendant, grâce aux relations de ma famille, j'ai obtenu il n'y a pas très longtemps un stage au célèbre MoMA[1] et j'y travaillerai deux samedis par mois. Évoluer au milieu des prestigieuses collections de ce musée me rend folle d'excitation. Je n'ai qu'une hâte : accéder au département photographie dont la richesse et la qualité dépassent mes rêves les plus fous.

Bosser à l'UAC est un plus. Est-ce que je fais ça juste dans le but de contrarier *mère* ? Honnêtement, je ne me suis pas attardée sur la question, mais il doit y avoir en effet quelque chose de ce goût-là. De toute façon, j'ai l'esprit de contradiction, alors venant de moi ce n'est pas étonnant. Parfois, je me demande si mes parents n'auraient pas souhaité n'avoir que Sasha comme enfant. Je ne dis pas que ma sœur fait exactement ce qu'ils nous dictent, elle aussi a eu sa mini révolte, puisqu'elle est venue s'installer à San Francisco pour faire ses études à Stanford au lieu d'entrer à Columbia et devenir résidente en médecine à Mount Sinaï.

---

1 Le Museum of Modern Art (MoMA) est un musée d'art moderne et contemporain de New York.

A tes souhaits...

Un léger coup sur la tête me ramène à la réalité. Je lance un regard meurtrier à Sasha qui me sourit innocemment. Comment fait-elle pour être *toujours* de bonne humeur et au top de la forme alors qu'elle vit à cent à l'heure ? Je l'ai assez peu vue durant ces quatre jours passés à San Francisco, puisqu'elle a été de garde à l'hôpital tout le week-end. Du coup, pour se faire pardonner de son absence, elle a insisté pour qu'on sorte hier soir. Nous sommes rentrées tard– passablement éméchée pour ma part– et elle n'a absolument pas l'air affectée.

— Alors ? Tu prends toujours le taxi ?

— Je n'ai pas envie de te déranger, Sasha, réponds-je dans un soupir. Et puis, c'est toujours la galère la route vers LA, on va passer au moins deux heures dans les embouteillages…

— Oui, mais c'est plus sympa avec ta sœur au volant, affirme-t-elle d'un ton docte.

— Parle pour toi ! Je dois subir tes hurlements…

— Comment ça, mes hurlements ? s'écrie-t-elle, faussement scandalisée. Je ne crie pas, je chante, moi, *Madame*.

Si seulement c'était vrai ! Au moins à New York, même si ma sœur me manque, je ne l'entends pas massacrer – avec une joie manifeste – tout ce qui ressemble de près ou de loin à une chanson, hymne national et jingle pubs compris. La laisser faire, c'est s'assurer un saignement des oreilles. Sorti de cela, elle y met du cœur, malheureusement tellement que je suis sûre que même l'enfer lui refuserait l'entrée tant le châtiment dépasse l'entendement. C'est humainement insoutenable et encore, le mot est faible ! Au point que lorsque nous étions plus jeunes, je l'avais menacée d'écrire une lettre au congrès avec assez de signatures pour la faire condamner pour assassinat musical. J'avais quinze ans, elle en avait dix-huit, bien évidemment, elle ne m'a pas prise au sérieux.

Sasha et moi nous étions toujours plus ou moins entendues de cette manière : elle était la grande sœur parfaite et moi, j'étais la peau de vache. Je crois que je lui ai joué tous les tours possibles et imaginables, de la poupée décapitée et artistiquement remaquillée à la lecture de passages de son journal intime. Sasha a tout supporté sans rien dire. Avec moi, elle montrait des trésors de patience. À part cette fois où, parce que j'étais triste d'avoir lu dans son carnet secret qu'elle partait à l'autre bout du pays, j'avais laissé notre chat pisser dans ses chaussures préférées et planqué sa lettre d'admission. Là, après avoir paniqué et retourné la totalité des pièces de notre étage pour mettre la main sur son précieux sésame, elle m'avait dit que j'avais été adoptée.

D'après elle, nos parents m'avaient trouvée devant une église et j'étais tellement laide que même les bonnes sœurs n'avaient pas voulu de moi. Elle avait ajouté ensuite que papa et maman avaient voulu faire une bonne action en offrant un toit à une petite miséreuse comme moi. Si je voulais une preuve, je n'avais qu'à me regarder dans le miroir. Elle m'avait sorti ça d'une voix calme, sans sourciller et avait été tellement convaincante que j'avais cru à son histoire. Après tout, nous ne nous ressemblions pas. Bien entendu, je l'avais mal pris et avais fait un scandale à nos parents. Ce jour-là, je leur avais appris sans le vouloir que Sasha partait étudier la médecine en Californie. Une sacrée bourde. Elle comptait leur en parler au dernier moment, de manière à éviter une crise de la part de notre mère, mais j'avais mis les pieds dans le plat.

Pendant une semaine, Sasha et moi ne nous étions pas adressé la parole pour autre chose que la question du lait dans les céréales. Et puis elle avait fait le premier pas. C'était toujours elle qui faisait ça, c'était sa façon de faire. Elle voulait toujours que les choses aillent pour le mieux. Sasha est celle qui arrange tout et je crois que ça ne changera jamais. C'est son truc, ça, que tout aille pour le mieux dans le meilleur des mondes. Paix et Amour… il y a assez de tucs moches dans le monde. Et donc, ce jour-là, elle s'était excusée de m'avoir dit des horreurs, je lui avais demandé pardon pour avoir causé des problèmes avec les parents et pour toutes les autres vacheries que j'avais pu lui faire.

Nous sommes redevenues les meilleures amies de tout l'univers.

– 2 –

Caleigh

— Ça m'énerve que tu doives repartir si vite, m'avoue-t-elle soudain. On pourrait faire tellement plus de choses si tu habitais San Francisco. Tu es sûre que tu ne peux pas rester ?

— Sasha, je dois retourner à la fac après-demain et puis il y a ce stage au MoMA…et c'est une opportunité que je ne peux absolument pas laisser passer.

Elle se retourne et ouvre un des tiroirs sous le plan de travail, en retire une pile de dépliants et les pose devant moi.

— Il y a de bonnes écoles d'art par ici, ma puce. Tu pourrais habiter chez moi ?

— Et qui s'occuperait de rendre chèvre les parents ?

— Caleigh, il est peut-être temps de grandir un peu, tu ne crois pas ? Tu n'es plus une ado et maman n'est pas si mauvaise que ça.

A tes souhaits...

Je fais la grimace, histoire de lui montrer que je ne suis pas convaincue.

D'accord, elle a raison sur un point : notre mère n'est pas méchante, mais son attitude guindée m'horripile au plus haut point. D'aussi loin que je me souvienne, j'ai toujours cherché à la pousser dans ses retranchements, à tel point que c'est devenu une seconde nature. Je passe mon temps à sortir des limites qu'elle m'impose, elle voudrait que je me comporte comme une jeune femme respectable : douce, polie, un brin instruite – mais pas trop, il ne faudrait pas être *castratrice…* bref, la digne héritière de la lignée bourgeoise dont ma sœur et moi sommes issues. Mais voilà, ça m'est impossible.

Si je l'écoute, je dois décrocher un Master quelconque à Columbia, y trouver un bon mari – faisant partie de l'intelligentsia New-yorkaise et doté d'un capital génétique hors normes – parader à des cocktails, sans oublier d'en organiser moi-même. Me marier, pondre 2,06 marmots et me faire injecter du Bottox de manière à paraître toujours lisse et figée – comme elle. Voilà à quel genre de sinistre futur me destine ma place de cadette. Si la première des filles doit perpétuer les illustres traditions familiales, la seconde se doit de transmettre les remarquables gènes de la famille Valiant. Sasha a rempli la première moitié des projets de notre mère – situation géographique exceptée.

Moi, je rêve d'autre chose, surtout de mener ma vie comme bon me semble.

Montrer à *mère* à quel point sa deuxième fille est excentrique m'amuse beaucoup. Je suis persuadée qu'un jour je m'en lasserai, mais tant que ce n'est pas le cas, autant continuer.

Sasha lève les yeux au ciel comme si elle avait deviné le fond de ma pensée.

— Bien, pour en revenir à ton futur emménagement ici…

— Mais quelle tête de mule ! dis-je en riant. Je t'ai déjà dit non, il me semble.

— Ce n'est pas une réponse acceptable.

Prenant une gorgée de mon café presque froid après tout ce temps passé à bavarder, j'observe ma sœur en levant un sourcil ironique. Je sais qu'elle va tout tenter pour me faire changer d'avis. C'est peine perdue, bien sûr, mais l'entendre énumérer toutes les raisons qui feraient de ma vie en Californie un véritable paradis, je dois dire que ça vaut le coup.

Je repose mon mug sur le comptoir avec une petite moue dégoûtée. Je n'aime pas le café glacé. Beurk ! Un peu écoeurée, je jette un coup d'œil à mon smartphone, il est à peine 9 h et même si mon avion n'est qu'en début de soirée, il faudrait que je pense à m'activer un peu – d'autant que j'aimerais prendre quelques clichés de la baie.

Retournant dans le salon, je récupère mes cigarettes et mon briquet dans mon sac retourne dans la cuisine, puis sors dans le petit jardin à l'arrière de la maison de style victorien – Sasha sur mes talons.

— Je croyais que tu devais arrêter ?

J'allume ma cigarette en levant les yeux au ciel, un

brin agacée, et inhale une bouffée. Aussitôt, je commence à émerger du brouillard. Sasha tousse exagérément derrière moi.

— Sash… s'il te plaît, je n'ai pas envie de me disputer avec toi juste avant mon départ. Bon, si tu me disais en quoi ce serait si génial que je vienne habiter chez toi avant que je file prendre une douche ?

Il n'y a qu'elle qui puisse me faire des remarques sur mes addictions sans avoir peur de me voir m'énerver direct. De plus, je ne peux pas lui en vouloir. Vu le métier qu'elle exerce, je la crois conditionnée à faire de la prévention anti-tabac. Je tire quelques lattes supplémentaires et finis par écraser ma cigarette sous le regard triomphant de ma sœur. Satisfaite, elle ramène à l'ombre une des chaises longues disposées sur la pelouse et s'y installe. Je l'imite en poussant un soupir désabusé. Elle arrive toujours à ses fins, mine de rien !

Sasha m'observe, un grand sourire aux lèvres. De mon côté, j'inspire un grand coup, la fusille du regard et le détourne vers le ciel. Il est d'un bleu limpide, pour une fois, le brouillard caractéristique de la baie ne le recouvre pas, les oiseaux chantent, on n'entend pas un bruit dans le quartier… il en faudrait peu pour que je considère sa proposition sérieusement.

C'est vrai que je serais bien ici.

— Allez, fais-moi baver, capitulé-je. Cite-moi tout ce que je rate en n'habitant pas ici.

Elle lève un sourcil surpris et se redresse. Comme

elle semble ne pas croire à ce que je viens dire, je lui fais comprendre que je ne plaisante pas en hochant la tête.

— Eh bien… Le coin est super et puis, tu pourrais trouver les Californiens à ton goût, par exemple…

— Je ne vois pas pourquoi, chaque région a ses spécificités. New York est aussi…, marmonné-je sans réfléchir, car trop absorbée par l'atmosphère prompte à la détente.

— Je te parle des hommes, ma puce ! s'écrie ma sœur en se frappant le front.

— Quoi ?

— … des individus de grande taille, des pectoraux puissants, des abdos en tablettes de chocolat… Des pénis ! Tu ne vois toujours pas ?

Je percute enfin.

— Je te demande de me dire pourquoi je devrais rester ici et toi, tu ne trouves rien de mieux que de me parler de mecs ? Et d'abord, avec ton métier à flux tendu, tu ne devrais même pas avoir le temps d'y penser, répliqué-je en la fusillant du regard.

— Caleigh, ma chère petite sœur… à quand remonte ta dernière confrontation avec un pénis ?

Je me sens devenir écarlate et me redresse sur ma chaise longue. Je ne sais plus où me mettre. Sasha éclate de rire devant mon air choqué et m'envoie une tape sur le bras.

— Les conversations gênantes sont à la mode en Californie

ou quoi ? grincé-je entre mes dents serrées.

— Ça va, j'arrête ! dit-elle en levant les mains en signe d'apaisement. Vu ton mutisme, je crois que ça date de Mathusalem.

Elle repart en fou rire et il lui faut quelques secondes pour recouvrer son calme. Une fois qu'elle y est parvenue, le regard qu'elle m'adresse est plus grave que ce à quoi je m'attendais. Je frissonne inexplicablement.

— Sans rire, ma puce…, commence-t-elle sur un ton posé. Tu t'amuses bien au moins ? Et est-ce que tu sais ce que tu veux faire une fois ton master en poche ? J'ai parfois la sensation que toi et moi n'avons fait que nous conformer aux désirs des parents. C'est vrai quoi, je suis médecin, comme papa et avant lui, grand-père. Et toi, à part faire semblant de vouloir rendre folle maman, tu sembles te contenter d'aller vers une voie de garage.

Le moins que l'on puisse dire, c'est que Sasha a le chic pour poser les questions qui fâchent et soulever les points délicats. Ce brusque retour à des choses plus sérieuses plombe un peu l'atmosphère. Je reste silencieuse, mes pensées se bousculent. Honnêtement, je ne sais que répondre si ce n'est qu'en effet, je n'ai aucune idée de la route que prendra ma carrière. Je ne vois pas aussi loin pour le moment.

Je finis par hausser les épaules.

— Je verrai ça le moment venu, Sasha…

— Et si tu prenais une année sabbatique ? Du temps rien

que pour toi, pour réfléchir à ce que tu souhaites vraiment.

Elle parle avec prudence, comme si elle pesait ses mots, incertaine de la façon dont j'accueillerais sa proposition. Je la fixe en souriant, même si je trouve sa démarche intrusive. Je ne veux pas qu'elle croie que je lui en veux ou quelque chose comme ça.

— Et je viendrais habiter chez toi ?

— Chez moi ou là où tu voudras, et si jamais tu te plaisais ici, avec l'argent que nous ont laissé nos grands-parents, tu pourrais même t'acheter une maison.

C'est vrai, elle a raison, j'ai largement de quoi faire. Sans être immensément riche, avec l'argent qui dort sur mon compte, j'ai de quoi voir venir, même en acquérant une de ces jolies maisons victoriennes comme celle de ma sœur sur Ashbury Street, qui est idéalement située entre l'université, le superbe muséum de l'Académie des Sciences et le Buena Vista Park. Je sais que la ville regorge de lieux pour m'adonner à la peinture et la photographie et j'ai encore tellement à découvrir ! Le climat californien me change de celui de New York et, même si je ne veux pas me l'avouer, je commence à être fatiguée de ces batailles incessantes entre *mère* et moi. Peut-être qu'un jour, j'arriverai à faire la paix avec elle. À condition qu'elle cesse de vouloir me dicter ses choix.

— Je suppose que je peux y réfléchir, marmonné-je.

— C'est vrai ?

Sasha se penche et me serre dans ses bras. Nos chaises

longues se renversent et nous nous retrouvons sur la pelouse, à rire comme des folles.

— C'est génial ! Vraiment ! Tu m'as manqué, petite sœur. Je suis folle de joie à l'idée de bientôt te voir emménager chez moi.

Elle se relève et époussète ses vêtements pleins d'herbe d'un geste énergique.

— J'imagine déjà… On va pouvoir sortir quand je serai de repos, recommencer à refaire le monde comme on le faisait avant que je parte de New York. Et tu sais quoi ? On va même pouvoir mettre sur pied le truc dont on avait parlé avant que j'entre à Stanford !

Je la regarde sans comprendre, mais elle ne s'en aperçoit même pas tant elle est euphorique. Clairement, je sais qu'il me sera impossible de la faire taire. Déjà, elle est en train de me dire que je prendrai la chambre bleue, celle qui a une pièce attenante. Elle est dotée d'immenses fenêtres, et selon elle, c'est le lieu idéal pour y installer un bureau ou un atelier. Elle veut que je puisse le constater par moi-même, alors elle me prend par la main et m'entraîne à sa suite dans la maison. Je me laisse faire, et grimpe en courant les petits escaliers en colimaçon qui mènent à l'étage. J'ai la vague impression que ma sœur me force un peu la main, mais cela ne me dérange pas plus que cela. Si j'avais dû refuser l'idée même de ce projet, je le lui aurais fait savoir.

Et même si je n'ai pas encore pris ma décision – il me faudrait tout de même un peu de temps pour peser le pour et le contre, m'organiser aussi – je me prends au jeu en imaginant à quoi ressembleraient ces deux pièces une fois que j'y aurais déposé mes affaires.

A tes souhaits...

22

– 3 –

Hunter

17 octobre 2014

Encore quelques jours dans le Nevada à bosser sur la campagne de pub pour le *Paris Las Vegas Resort* et je pourrai rentrer chez moi. Mon travail est ainsi fait. La plupart du temps, je le fais de chez moi, mais parfois, je dois accompagner l'équipe de l'agence Di Marco sur le terrain. Généralement, je suis chargé de la création des visuels, de support de campagnes de pub mais je fais aussi du graphisme pour d'autres clients. Je ne suis pas fâché qu'on ne soit pas en juillet, Vegas à cette période est juste irrespirable. Pour autant, la température dépasse les 20°C alors que nous sommes en plein mois d'octobre.

Toute la journée, je passe en revue les derniers détails pour le lancement de la nouvelle attraction du casino puis vers 18 h, je retourne dans ma chambre.

A tes souhaits...

À l'heure qu'il est, les salons de jeux sont pleins à craquer – non qu'ils désemplissent beaucoup durant la journée.

Il y a quelque chose de fascinant à Vegas, outre le luxe et la démesure : tout est fait pour vous appâter, vous faire cracher jusqu'à votre dernier cent. Tout le monde le sait, mais ça n'empêche pas les gens de venir. C'est toujours le même manège : les allées et venues dans les casinos ne cessent jamais. On y vient bourré d'espoir, on en ressort les poches vides, avec la certitude d'avoir merdé en vidant le compte épargne du ménage sur lequel on économisait l'argent pour les études des enfants. Les joueurs sont tous pareils, qu'ils soient adeptes des machines à sous ou des jeux de table, ils sont persuadés d'avoir la chance de leur côté. C'est sûr, ce soir, ils vont faire sauter la banque ou remporter le jackpot. Sauf que la chance n'est pas quelque chose qu'on peut maîtriser et, bien qu'ils le sachent parfaitement, une fois assis, ils ne s'arrêtent plus.

Las Vegas est fabuleuse. Sans pitié aussi. Il faut pouvoir lui échapper. Mon père, lui, n'a pas su. Il avait un boulot, une maison, une famille. Mais il s'est trop approché des lumières de la ville, de ses strass et paillettes, et s'y est brûlé les ailes. Après ça, il a passé sa vie à essayer de se refaire, comme il disait.

Après le lycée, j'ai dû contracter un prêt et m'endetter pour aller à la fac, parce que mon paternel avait claqué au Black Jack la totalité de ce qui devait me servir pour l'université. Heureusement pour moi, ma mère sentant le vent tourner, avait sauvé un peu de cet argent. De ce fait, elle m'a épargné de devoir débuter la vie avec une dette si faramineuse que mes enfants se seraient vus dans l'obligation de continuer à rembourser. Elle a demandé le divorce et nous sommes partis nous installer en Californie. Aux dernières nouvelles, mon vieux entretient sa cirrhose quelque part dans les quartiers nord de la ville.

Je ne suis pas ravi d'être à Vegas même si c'est un peu chez moi – le chez-moi d'une autre vie, il y a très, très longtemps. À vrai dire, je préférerais être n'importe où sauf ici et je n'ai qu'une hâte, rentrer à San Francisco et retrouver mon appartement. Oui, mais voilà : le boulot m'oblige à rester dans le Nevada quelques jours et je dois prendre mon mal en patience. Heureusement, j'ai une espèce de compensation à cette situation assez inconfortable : la boite pour laquelle je bosse est prestigieuse, aussi j'ai une suite à ma disposition, ça me console un peu. Après tout, si je connais le côté négatif d'être de passage dans *la ville de tous les possibles*, autant profiter un peu des avantages. J'occupe une de ces chambres situées en haut du *Paris*. Ce n'est pas non plus la *Suite Napoleon*, mais je ne vais pas m'en plaindre. Depuis ma *Red Suite*, j'ai une vue superbe sur le Strip et la Tour Eiffel – du moins, sa réplique. Et la nuit, lorsque la ville est illuminée comme maintenant, c'est tout simplement époustouflant.

Je décide de prendre une douche rapide avant de rejoindre Adrian, le directeur Marketing du Paris. Âgé de vingt-six ans comme moi, il a su gravir rapidement les échelons grâce à son esprit d'initiative et son dynamisme. J'ai déjà eu affaire à lui puisque durant tout le temps qu'a duré le montage du projet de lancement de la nouvelle attraction du Paris, il a été mon interlocuteur principal. C'est un type honnête, droit et sacrément entêté. Une vraie tête de bois. Un trait de caractère que j'apprécie tout particulièrement, d'autant qu'il me fait un peu penser à Casey – mon meilleur pote. Ces derniers temps, je n'ai pas eu l'occasion de le voir avec le boulot et les horaires démentiels imposés par ma boîte pour le bouclage de la campagne de pub. J'espère que ça en valait le coup

Habituellement, l'équipe marketing du casino – sous l'égide d'Adrian – se charge de mettre en place ce genre d'événement, mais cette fois, ils ont voulu innover. Le Casino a lancé un appel d'offre et c'est la team Di Marco qui l'a remporté. Et donc à quelques jours du lancement, c'est l'effervescence tant au sein de mon agence que dans l'équipe du *Paris Las Vegas Resort*. S'en remettre au destin est un moment particulièrement stressant, surtout après ces semaines passées à peaufiner le moindre détail concernant ce nouvel univers dédié au jeu. On pourrait comparer ça à une période de gestation et d'ici quelques jours, nous saurons si nous enfanterons dans la douleur ou non.

Mais pour l'instant, clairement, le moment est venu de décompresser.

Juste avant de sortir de ma chambre, mon téléphone portable vibre. C'est un message de Casey, justement. Sans perdre une minute, je l'ouvre et y découvre la photo d'une très jolie blonde. Je ricane, comme à son habitude, mon pote a passé son jour de repos à draguer.

Maddie D.

Casey est un bourreau des cœurs. Il ne se passe pas une semaine sans qu'il ramène une fille différente. Son excuse ? Ses parents lui ont donné un cœur débordant d'amour et comme il n'est pas égoïste, il se doit de le distribuer à droite et à gauche pour ne pas faire de jalouses. C'est qu'il est philanthrope, Casey !

Je regarde une nouvelle fois la fille en gros plan sur mon smartphone. Il faut bien reconnaître qu'elle est plus que mignonne et que par rapport à toutes ses conquêtes habituelles, elle a un petit quelque chose en plus. Sauf que je n'arrive pas à mettre le doigt dessus. Ce pourrait être son grand sourire franc, sa beauté, ses yeux pétillants ? Peu importe que je trouve ou pas, c'est la nouvelle prise de mon pote et d'ici la semaine prochaine, il aura oublié jusqu'à son prénom – comme à chaque fois. Je décide de lui envoyer un texto.

Moi : Bravo, mon pote. Elle est canon !

Casey le tombeur : Oui

Moi : Elle a un prénom ?

Alors que je suis en train de l'imaginer se pencher vers sa petite amie de la semaine pour le lui demander innocemment, mon téléphone vibre à nouveau. Surprenant, la vitesse à laquelle il m'a répondu.

Je reste interloqué quelques secondes avant de prendre

A tes souhaits...

connaissance du SMS.

Casey le tombeur : Sasha. C'est beau hein ?

Moi : … ? WTF !!!

Casey ~~le tombeur~~ : Va te faire foutre !

Il est sérieux, là ? Je lève les yeux au ciel et m'esclaffe carrément. Ouh là là… Je crois que mon meilleur ami tient la plus grosse cuite du siècle… demain matin, ça va piquer ! Mais bon, s'il s'amuse bien, ce n'est pas vraiment mon problème.

Moi : Toi d'abord !!!

Cette fois, mon téléphone sonne. Je décroche, prêt à envoyer une vanne à Casey dès que l'occasion se présentera.

— Pourquoi tu me dis ça ? m'agresse-t-il d'entrée de jeu.

— Parce que t'es bourré, Dugland.

— Perdu, Trouduc ! J'ai bu une bière, c'est tout.

— Qui êtes-vous et qu'avez-vous fait de Casey Campbell ?

— Oh ça va ! Je suis sérieux.

— Mais oui, si tu le dis.

Sauf qu'effectivement, il ne me semble pas plaisanter. À

la façon dont il me parle, je sais que quelque chose n'est pas comme d'habitude. Pour faire bonne mesure, je décide de faire semblant de m'intéresser à cette Sasha.

— Elle est jolie. Tu l'as levée… pardon… *rencontrée* où ?

— Elle bosse au Lucile Packard. Elle est médecin. Interne.

Je laisse échapper un sifflement impressionné avant de balancer sur un ton goguenard :

— Qu'est-ce que tu faisais à l'hôpital des enfants ? T'es un peu vieux pour consulter un pédiatre, mon pote, tu crois pas ?

—Ah ah ! Très drôle… bref, c'était pour le boulot. J'ai changé d'horaires.

Casey est ambulancier et jusque-là, il travaillait de nuit. Un peu avant que je parte pour Vegas, il m'avait parlé du fait qu'il souhaitait intégrer une nouvelle équipe. Il ne m'avait pourtant pas semblé si fatigué que cela, d'autant qu'il était plutôt du genre à être noctambule. J'avais été étonné de son choix. En creusant un peu, j'avais découvert qu'il s'était fait une de ses collègues de l'équipe de nuit et que cela avait créé quelques tensions à son boulot. En même temps, ce genre de chose lui pendait au nez et s'il n'arrêtait pas d'écouter sa bite, ce genre de problème risquait de devenir assez récurrent.

— Tu m'en diras tant, le raillé-je. Bon, dis-m'en plus sur cette fille.

— Elle est belle, intelligente, passionnée, fantastique et… mec… je crois que je suis amoureux, dit-il après une seconde d'hésitation.

— Rappelle-moi depuis quand tu la connais ?

— Deux semaines.

Pour le coup, je me laisse tomber sur mon lit. Cette fois Casey semble mordu, c'est une première !

— Deux… ? Putain ! En effet, elle doit être exceptionnelle ! Tu n'es jamais sorti aussi longtemps avec une femme.

— … techniquement, on ne sort pas ensemble.

Là, c'est trop fort ! J'éclate de rire à en avoir mal au ventre.

— T'es amoureux alors que vous n'êtes même pas ensemble ? Est-ce qu'au moins la demoiselle sait qui t'es ?

— Te moque pas, Hunt. Tu verras quand ça t'arrivera.

J'arrête aussitôt de rire, on vient d'aborder un sujet sur lequel je ne souhaite pas m'étendre.

— Ouais. On verra, marmonné-je.

— Désolé, mon pote, s'excuse-t-il aussitôt. Je voulais pas…

— C'est bon, Casey. C'est cool pour moi, lui assuré-je d'une voix ferme.

C'est vrai, je me suis remis de ma rupture avec Liza. C'était il y a trois mois et de toute façon, cela faisait un moment que ça n'allait pas fort entre nous. Au départ, notre relation avait été super, mais un beau matin, tout avait changé. Je m'étais réveillé à côté d'elle et avais pris conscience que je ne l'aimais pas et qu'elle non plus. En fait, j'avais aimé *l'idée* du couple parfait que nous formions et avais fait des plans concernant une vie rêvée qui ne serait jamais la nôtre. Nous nous entendions bien, sexuellement parlant, c'était super cool, mais… en fait, nous n'étions qu'amis. Cette prise de conscience, bien que bénéfique à moyen terme, avait porté un coup à mon ego et j'avoue avoir été mal quelque temps. Pas parce que j'avais rompu avec Liza, mais parce que j'avais cru en quelque chose qui n'était pas réel.

Je range ces souvenirs au fond d'un tiroir et me focalise à nouveau sur l'instant présent : on n'est pas en train de parler de moi, mais de Casey.

— Tu comptes faire quoi avec ta Sasha ? reprends-je sur un ton léger.

Personnellement, je la sens mal, son histoire. Mon meilleur pote, un queutard compulsif, est amoureux d'une fille qu'il n'a jamais invitée. On marche sur la tête…

— Je lui ai proposé de sortir hier et elle a accepté ! s'exclame-t-il, heureux alors que je lève des yeux désespérés au ciel.

OK. On touche le fond, là. C'est à peine si Casey ne glousse pas comme une gamine de quinze ans à son premier rencard.

— La pauvre, elle ne sait pas ce qui l'attend, grincé-je.

— Arrête, Hunt. Tu ne comprends pas ce que je veux te dire : Sasha sera la mère de mes enfants. C'est une certitude.

Je le sens au plus profond de moi. Et toi, connard, tu ferais bien de t'habituer à cette idée.

Son ton vibrant de conviction me laisse sans voix. À vrai dire, je ne sais pas si je dois avoir peur, rire ou le prendre au sérieux. Vu comme je le connais, j'ai du mal à envisager qu'il croie à ce qu'il est en train de me dire. En même temps, c'est vrai que cette fille est super jolie, alors bon… mettons qu'il pense vraiment avoir eu le coup de foudre, en quoi est-ce que j'ai le droit de le juger ?

— D'accord, Casey, je te crois. Tu dois la voir quand ?

— Demain soir.

On frappe à la porte de ma suite. Surpris, je demande à Casey de patienter quelques secondes et me lève pour aller ouvrir. Adossé au mur qui fait face à ma chambre, Adrian semble m'attendre.

Vérifiant rapidement l'heure sur mon portable, je lui demande :

— Merde… Je suis si en retard que ça ?

— Non, je suis juste passé voir si tu voulais manger un truc avant de partir en virée.

Je lui fais signe d'entrer et reprends la communication.

— Écoute, vieux,dis-je à Casey, je vais devoir te laisser. On est venu me chercher pour sortir.

— D'accord, je comprends, mon pote. On essaie de se voir à ton retour ?

— Yep. D'ici deux ou trois jours. Et… mec ?

Je m'interromps, sachant qu'il a parfaitement compris ce que je voulais lui dire.

— T'inquiète. Je compte pas faire le con. Pareil pour toi.

— Oui, papa ! dis-je avant de raccrocher.

Casey et moi sommes comme ça. Même à distance, nous veillons l'un sur l'autre.

Nous nous connaissons depuis mon arrivée à San Francisco. Il habitait avec ses parents dans la maison qui jouxtait la mienne et il est très vite devenu mon meilleur ami. Inséparables, nous passions le plus clair de notre temps ensemble, fréquentant les mêmes écoles, parfois les mêmes filles. Et si les amitiés résistent mal à une trop grande proximité et aux ravages du temps, ce n'est pas le cas de la nôtre.

Depuis quelques années, nous habitons dans la même maison, du côté de Castro, le quartier gay de la ville – ce qui nous a valu quelques quiproquos mémorables. Mais franchement le coin est tellement sympa et la maison nous ressemble tant que nous n'avons pas souhaité emménager ailleurs. Et puis de toute façon, chacun fait sa vie comme il l'entend, hein ? Casey occupe l'étage du haut, tandis que je suis en rez-de-jardin. Nous partageons en fait le garage, la buanderie et la petite cour ombragée à l'arrière. Nous avons même une entrée séparée. Cette organisation nous permet ainsi de ne pas trop nous voir, même s'il ne nous est pas rare de passer nos soirées chez l'un ou chez l'autre à disputer une partie sur la console. C'est un peu comme si on était un vieux couple, les inconvénients en moins.

Je souris en rangeant mon téléphone dans la poche arrière de mon jean et rejoins Adrian qui s'est assis dans l'un des fauteuils de ma suite.

— J'ai besoin de m'habiller un peu plus pour dîner ? lui demandé-je après qu'il m'a annoncé qu'il a réservé au steakhouse tenu par le célèbre Chef Gordon Ramsay.

— Pas besoin. Gordy ne t'en voudra pas si tu viens comme tu es, m'assure-t-il.

- 4 -

Hunter

Le repas est succulent et le restaurant, au décor simple et épuré, mérite parfaitement sa réputation. Je passe une bonne soirée et ne pas parler travail me fait du bien. Adrian est un type étonnant : même si son poste au sein du Casino lui confère une certaine importance, il n'est pas du genre à se prendre la tête ni à regarder les gens de haut. Sa connaissance de la ville est impressionnante, il passe une grande partie de la soirée à me raconter l'histoire de Vegas et les quelques anecdotes croustillantes qu'il a en réserve sont à mourir de rire. Au fil de la conversation, je laisse échapper que je suis originaire du coin, mais qu'il ne m'en reste que de vagues souvenirs car j'en suis parti il y a quinze ans. Adrian se met très vite en tête de me faire faire la tournée de la ville et m'abandonne une poignée de secondes pour aller passer quelques coups de fil.

Il revient assez vite, un sourire à la fois satisfait et

énigmatique sur le visage. J'avoue être intrigué et lui lance un regard surpris, mais il secoue la tête en me disant qu'il ne répondra à aucune de mes questions. La seule chose qu'il consent à partager avec moi est qu'il me réserve une surprise que je ne suis pas prêt d'oublier. Bien que sceptique, je n'insiste pas et nous partons donc en direction de l'entrée du *Paris* où il a fait affréter une limousine.

J'avoue être un peu gêné par tout ça, mais, ici c'est un peu le jeu. Tout n'est que démesure et venant d'un mec de la trempe d'Adrian, il aurait été naïf d'attendre autre chose de sa part. Je le remercie, mais il m'assure que pour lui ce n'est pas grand-chose et que cela lui fait plaisir. Vegas est l'endroit où s'amuser et il compte bien me le prouver. Je hausse les épaules et m'engouffre dans la limo avec la ferme intention de faire ce qu'il me suggère et d'en profiter.

Nous roulons depuis plus d'une dizaine de minutes. Le décor de la ville change, nous faisant passer du faste et des lumières du Strip à des rues limite glauques. Adrian m'enjoint de patienter quand je lui demande où nous allons et malgré moi, je commence à stresser. Je vois bien que nous nous dirigeons vers la sortie de la ville, vers les quartiers nord, un endroit où je n'aimerais pas traîner même en plein jour. En plus, c'est le territoire de mon père et je n'ai pas franchement envie de le croiser.

Nous finissons par nous arrêter dans une zone industrielle, bordée de chaque côté par des bâtiments aux enseignes lumineuses qui ne laissent aucun doute sur le genre d'établissement dans lequel nous allons entrer. Je laisse échapper un sifflement stupéfait et lance un regard un rien troublé à Adrian. Il me répond en haussant les sourcils d'un air malicieux.

— Bienvenu à *Sin City*, la ville de *tous* les péchés, mon vieux ! s'exclame-t-il avec emphase.

Honnêtement, vu le job qu'il fait et la classe qu'il semble afficher en toute occasion depuis que je le connais, j'étais loin de me douter qu'il était du genre à fréquenter ce genre de lieu. D'ailleurs, je ne sais même pas à quoi je m'attendais. Mais bon, ce genre de soirée, ça me va aussi. Même si je ne suis pas un fervent adepte des clubs de cette trempe, je ne suis pas du genre timide et je ne vais certainement pas refuser de passer du bon temps. Encore moins si c'est la maison qui régale.

— On y va ? me demande-t-il, un rien impatient.

Je ne me le fais pas dire deux fois.

Lorsque nous entrons, l'atmosphère chaude et déjantée qui règne à l'intérieur nous saute littéralement à la figure. Ça sent la transpiration, l'alcool, le tout saupoudré d'un rien de lubricité et de musique trop forte. Le *Palomino* est le club de striptease comme on se l'imagine : une micro-scène et sa barre de pole dance, entourée par des sièges de velours rouge destinés aux clients voulant se rincer l'œil au plus près. Quoi de plus pratique pour glisser quelques billets dans le string d'une poupée en train de se déhancher lascivement sous leur nez ? Poursuivant mon inspection, je remarque que quelqu'un a eu la *brillante* idée de revêtir le sol d'une moquette bleu nuit parsemée de ce que je pense être des chevaux roses. Les murs sont recouverts par des miroirs et les filles se baladant seins nus sont maquillées comme des voitures volées, mais putain ! Quels culs !

Adrian attrape une fille par le bras, avec le sourire, lui glisse un mot à l'oreille et une liasse billets dans la main. Quelques instants plus tard, on nous conduit dans un salon privé décoré de la même manière que le reste du club, si ce n'est que la lumière est plus tamisée. Nous nous installons et Adrian nous commande une bouteille de whisky et deux filles.

Au bout de trois verres, je suis un peu parti, j'ai chaud et j'ai du mal à me retenir de peloter la rouquine qui me fait une danse privée. Elle se frotte contre moi, je bande comme un âne, mais, comme dans tout *Gentlemen's Club*, la règle en vigueur est de ne pas toucher les filles. *Argh*… elle retire le micro soutif qui lui cachait tout juste les tétons… me choppe le visage et le fourre entre ses seins. Ma queue crie douloureusement pour qu'on la libère. Putain… Si elle continue à m'allumer sans que je puisse rien faire, je vais finir par avoir les couilles bleues.

À côté de moi, j'entends un gémissement étouffé. Je tourne la tête et… *Oh le con !* Adrian s'en donne à cœur joie en malaxant à pleines mains le cul de la brunette qui lui fait son show. L'attrapant fermement par la taille, il la fait asseoir sur ses genoux et plonge sa langue dans sa bouche, ignorant superbement le commandement des lieux.

Je reste figé, soudainement inquiet. On va se faire virer

si quelqu'un nous surprend. J'ai entendu dire que les types qui dirigeaient ce genre de bouge ne sont pas très indulgents avec les mecs qui n'en font qu'à leur tête et regardent de trop près la marchandise. Franchement, je n'ai pas très envie de vérifier s'il s'agit d'une simple rumeur… Le seul avantage, dans cette histoire, c'est que je me sens moins tendu. Comme quoi, la peur, ça a le don de vous faire redescendre sur terre. Soudain, la rousse – qui doit se sentir vexée de mon manque d'attention depuis quelques secondes – m'attrape et me roule une pelle. J'essaie de la repousser, mais l'alcool a endormi toute espèce de force dans mes bras. La fille me caresse le visage en m'offrant un sourire sexy et aguicheur, enfouit ses mains dans mes cheveux trop longs, puis s'approche de mon oreille qu'elle lèche du bout de sa langue.

— T'inquiète, mon chou, me susurre-t-elle d'une voix sucrée. Ici on connaît Adrian, le boss a un deal avec lui. Alors profite, beau blond, parce que c'est open bar.

Elle me lance un clin d'œil et s'éloigne de moi. Il me faut un peu de temps pour que les mots qu'elle vient de prononcer fassent leur chemin jusqu'à mon cerveau, mais au bout du compte, ma bite se réveille. Le string de ma danseuse exotique m'atterrit en pleine figure. Je le prends du bout des doigts et offre un large sourire à sa propriétaire. Comme si elle n'attendait que ce signal, elle se place à califourchon sur moi et j'en profite enfin pour attraper ses seins. Sous mes paumes, je sens leurs pointes durcir. Je souris, je suis joueur, la partie s'annonce intéressante…

Je regarde la rouquine dans les yeux, pour qu'elle

comprenne que j'ai parfaitement saisi le message.

— Eh bien, puisque c'est open bar…

-5-

Caleigh

20 Octobre 2014

Je suis rentrée à New York depuis quelques jours et ça a été la folie. J'ai repensé à la proposition de Sasha et pris la décision que, oui, j'irai la rejoindre en Californie. Simplement, étant donné que je ne peux pas me permettre de quitter la fac en cours de semestre, j'ai décidé de repousser mon emménagement au mois de janvier, juste après avoir validé mes examens, ce que Sasha a tout à fait compris. Reste encore à en parler à nos parents et à vrai dire, je n'ai pas encore eu le temps d'aborder le sujet avec eux. J'espère qu'ils – du moins, *mère* – prendront bien ma décision. Ou, au mieux, qu'ils n'en feront pas une affaire d'État. Quoi qu'il en soit, c'est ma décision et ils n'ont rien à dire, puisque c'est moi qui paye mes études.

En parlant de ça, je n'ai pas eu une minute à moi. Les

cours se sont enchaînés et j'ai bossé presque tous les soirs à l'UAC. Il y a des moments où j'apprécie encore plus ma chance de travailler ici et clairement, là, c'est le cas. Ces derniers jours, mes collègues et moi avons bossé sur un truc dément. Dans le but de renouveler un peu notre clientèle – et pourquoi pas d'y attirer quelques célèbres critiques d'art qui nous apporteraient une notoriété supplémentaire – Malcolm Nicholson, mon patron, a décidé que le bar serait le théâtre d'une expo sur thème de la jungle. Et comme il adore ce que je fais, il m'a désignée pour transformer l'UAC et y assurer le show. Inutile de préciser que j'ai sauté de joie lorsqu'il m'a annoncé que j'avais carte blanche. Une occasion comme celle-là est l'assurance d'étoffer mon book et de m'amuser comme une petite folle.

J'ai eu assez peu de temps pour décider de comment j'allais faire pour amener une jungle au milieu de l'Underground Art Café et je dois dire que pour tout mettre en place, ça a été plutôt tendu. Mais j'aime bien ce genre de challenge, même si c'est particulièrement stressant. Pour couronner le tout, mon boss a mis en place un pot en demandant à tout le personnel de prendre les paris sur mes chances de ne pas tout organiser dans les temps. C'est dire si je suis motivée !

Comme si je m'étais déjà plantée…

Oui, bon, d'habitude, on est plusieurs sur le coup lors de ce genre d'exhibition et là, je bosse en solo. Mon patron me fait-il à ce point confiance ou attend-t-il que je me vautre lamentablement ? J'ai la vague impression de passer un examen et ça me met une pression pas possible. En tout cas, il est hors de question d'échouer à cette épreuve. Je vais montrer à tout le monde de quoi je suis capable. Et puis, moi aussi, j'ai parié, alors ce serait d'autant plus drôle si c'était moi qui remportais la mise.

Il m'a fallu une grosse semaine pour mettre en place tous les détails. Sur mes conseils, Mal a installé les spots de lumière blanche destinés à rendre les verts plus vifs ainsi que d'autres de lumière noire, qui feront ressortir la peinture phosphorescente. J'ai déniché quelques vieux objets que j'ai recyclé de manière à en faire des silhouettes d'animaux, un « copain » qui suit le cursus audiovisuel m'a prêté un sample des bruits de la canopée et m'a montré comment les monter en boucle. J'ai aussi décidé de mettre à contribution mes collègues, Kassandra, Roxy et Keith ainsi que quelques étudiants de mon cours de peinture. J'utiliserai leur corps comme de véritables toiles afin de réaliser des trompe-l'œil. Cet après-midi, j'ai fait venir le fleuriste avec lequel nous travaillons habituellement. En quelques heures, il a réussi à transformer l'intérieur du bâtiment industriel abritant l'UAC en une forêt luxuriante.

Nous avons aussi distribué des flyers afin de rameuter le plus de monde possible à cette soirée, je dois dire que tout ça a été plutôt intense… mais quel que soit le résultat, c'est le grand jour… et, euh… soit ça passe… soit ça casse. Si mon expo fait un bide, au moins les gens se seront déplacés pour faire une étrange promenade bucolique en plein Manhattan.

Est-ce que je suis nerveuse ? Pas du tout, vous pensez bien !

Entre chaque réception de matériel et leur mise en place, je cours vers l'arrière-salle où mes modèles attendent d'être enduits de peinture phosphorescente. Je donne à chacun des ordres précis, les faisant répéter à la suite mes directives pour être sûre qu'ils savent où ils doivent se placer et avec qui. Il ne manquerait plus qu'une patte de jaguar se retrouve sur une reinette, ce serait vraiment la cata ! Vous imaginez, un jagrouille ou une greguar ?

La fin d'après-midi arrive et la fatigue avec elle. Je suis exténuée, mais pas question de prendre une pause, pourtant Dieu sait si je rêve de me griller une cigarette. Malheureusement, il ne me reste que peu de temps pour finir de transformer mon bestiaire et c'est beaucoup de boulot. Heureusement, l'aide apportée par Kassandra n'est pas de trop, sinon, je crois que je n'arriverais pas à faire en sorte que tout soit prêt avant l'ouverture du bar.

Nous finissons de maquiller tout le monde juste avant le coup d'envoi de la soirée. Mon cœur bat la chamade alors que les premiers curieux entrent. Mal vient me donner mon appareil photo, il sait que j'en ai besoin pour compléter mon book. Je lui souris, un peu crispée.

— Le trac, jeune fille ?

Je grimace.

— Ça se voit tant que ça ?

— Pas le moins du monde, si on fait abstraction des énormes gouttes de sueur sur ton front.

Je ris doucement et lui envoie une tape amicale sur le bras. Je sais qu'il se moque de moi.

— N'importe quoi, Mal ! Il fait presque noir !

— Justement, elles *brillent*.

Mon sourire meurt aussitôt sur mes lèvres et je me sens blêmir. Il faut que je corrige ça le plus vite possible, je ne peux pas me balader au milieu des gens en ayant l'air de couver une grippe. C'est la catastrophe. Je cherche des yeux un des extras auxquels mon patron a fait appel pour le service, puisque toute l'équipe participe à l'exposition. Il y en aura bien un pour avoir des serviettes en papier sur son plateau, non ?

Mon boss pose gentiment ses mains sur mes épaules, puis il se penche pour être à ma hauteur.

— Caleigh… arrête de paniquer, je plaisantais, grommelle-t-il d'un ton bourru. Tout est parfait et toi aussi.

— C'est vrai ?

— Ouaip !

— Tu sais que t'es un enfoiré, Mal ? Tu m'as foutu un stress pas possible !

Aussitôt ces mots prononcés, je plaque mes mains sur ma bouche.

Oh là là ! Je ne viens pas d'insulter mon patron quand même ? Oh. La. Boulette.

Je suis littéralement rouge de honte. Heureusement, il

fait trop sombre pour qu'on s'aperçoive de ma gêne. Enfin là, les gens, je m'en fiche un peu... mais si je pouvais me cacher dans un trou de souris ou carrément disparaître, cela m'arrangerait bien. Je garde les yeux obstinément rivés au sol, histoire de ne pas croiser le regard de celui que je viens de traiter d'enfoiré. Mal m'a fait confiance pour ce soir et c'est comme ça que je le remercie ?

Bravo, Caleigh ! Bien joué. C'est sûr, il ne va pas me laisser organiser une exposition de sitôt après ce que je viens de dire. Par contre, je vais être bonne pour un blâme. Il ne manquait plus que ça !

Mal éclate de rire. Surprise, je le fixe et comprends que visiblement, il trouve la situation hilarante. Un rire nerveux s'échappe de mes lèvres sans que je puisse le retenir et je roule des yeux affolés, incertaine de savoir comment agir après ça. Pour le coup, je suis *vraiment* sur le point de transpirer à grosses gouttes.

— Je t'aime bien, Caleigh, me dit mon patron entre deux rires. Tu me fais penser à ma fille : comme toi, elle n'a pas la langue dans sa poche.

— Ah ? Euh... merci... je crois.

Je passe une main nerveuse dans mes cheveux, en cherchant à déterminer s'il faut que je prenne ce qu'il vient de me dire comme un compliment. J'ai déjà croisé Theresa une paire de fois, et le moins que l'on puisse dire est qu'elle doté d'un caractère et d'un physique assez spéciaux. Imaginez l'enfant cachée d'Arnold Schwarzenegger et Whoopy Goldberg, ajoutez à cela des manières assez peu délicates, une grande gueule à faire pâlir d'envie un docker et vous avez une petite idée de qui est Theresa Nicholson. Contrairement à ce que laisse penser ma description, elle est très sympathique… pour un bûcheron.

Mal me serre une dernière fois les épaules avant de faire quelques pas en direction du bar puis semble se raviser et revient vers moi.

— Ça va bien se passer, Caleigh, me rassure-t-il.

Je hoche la tête, je ne peux qu'espérer qu'il ait raison.

— Bon, je vais surveiller les serveurs. J'ai pas trop confiance en ces types.

Je lève les yeux au ciel, amusée.

— Tu n'as confiance en personne, de toute façon, boss. Tu ne comptes que sur…

— … vous tous, m'interrompt-il dans un sourire.

Quelques années plus tôt, Mal tenait un bar dans le même genre que celui-ci. Malheureusement, certains de ses employés n'étaient pas des gens bien. Un soir, après la fermeture, deux d'entre eux ont profité du fait qu'il fasse ses comptes pour l'agresser, voler la recette de la soirée et le laisser pour mort en provoquant un début d'incendie. Heureusement, il avait été secouru par un passant. Après ça, il avait fallu à Mal quelques années pour remonter une affaire et quelques autres avant de recommencer à faire confiance à ses nouveaux employés.

— Je sais, murmuré-je, consciente d'être une privilégiée.

— Bien. Tu t'en souviendras alors, la prochaine fois qu'il te prendra des envies de m'insulter.

Le clin d'œil qu'il me lance me rassure sur la teneur de ses propos. Il ne m'en veut pas, c'est tout ce que j'espérais. Je lui souris, histoire de lui monter que j'ai bien saisi le message puis lève mon appareil photo au moment ou un spot éclaire son visage. Je capture cet instant sur ma carte mémoire, immortalisant à jamais le sourire de Mal.

Mon premier tableau apparaît.

-6-

Caleigh

Il est deux heures du matin lorsque je ressors de l'UAC. Je monte dans le taxi affrété par mon patron. Soucieux de la sécurité de ses employés, il ne regarde jamais à la dépense. La soirée a été un véritable succès, nous avons eu de nombreux commentaires dithyrambiques sur l'exposition. Cerise sur le gâteau, non seulement deux critiques nous ont promis un bon papier dans leurs magazines ainsi que sur leurs blogs, mais j'ai été approchée par un type, une sorte d'agent artistique. Apparemment, il a été « percuté par la puissance contenue dans mon art ». Ce sont ses mots. J'avoue être plutôt heureuse de l'intérêt qu'il me porte, j'espère juste qu'il n'a pas changé d'avis lorsque, après qu'il m'a donné sa carte, j'ai griffonné mes coordonnées sur le coin d'une serviette. Parfois, j'ai juste envie de me gifler. Quel artiste n'a pas de carte de visite sur lui ? Moi, selon toute vraisemblance. Il va vraiment falloir que je m'occupe d'en faire réaliser…

Arrivée chez moi, Monsieur Moustache, mon chat, me souhaite la bienvenue. Je lui donne sa pitance, lui prodigue quelques caresses affectueuses, et, une fois que nous décidons l'un et l'autre avoir eu notre quota de câlins, nous vaquons chacun à nos occupations. Je grignote un morceau puis, encore sous le coup de l'euphorie de l'exposition, je tourne en rond dans mon appartement. Je n'ai pas vraiment envie d'aller me coucher, alors je file me doucher, j'entame un livre et enfin, je me décide à appeler ma sœur, afin de lui parler de la soirée.

Chez elle, il n'est que 23 h, aussi il est probable qu'elle ne dorme pas. Pourtant, j'ai beau l'appeler à plusieurs reprises, je tombe invariablement sur sa boîte vocale. Je finis par lui laisser un message. Peut-être travaille-t-elle ce soir ?

Un peu déçue, je vais au lit, mais je me promets que dès le lendemain j'essaierai à nouveau de la joindre. Visiblement plus fatiguée que je l'aurais cru de prime abord, je ne tarde pas à m'endormir comme une masse.

La sonnerie de mon téléphone me réveille un peu plus tard. Je sursaute, dérangeant malencontreusement la boule de poil ronronnante qui, outrée, me fait savoir son mécontentement en feulant furieusement. Pestant moi aussi contre le fait d'avoir été réveillée si brutalement, je tâtonne avant de mettre la main sur mon smartphone et décroche.

— Oui ? parviens-je à dire d'une voix ensommeillée.

— Saaaaaaalut petite sœur ! crie ma sœur dans mon oreille.

Maddie D.

J'éloigne aussitôt l'appareil en grognant. Bon sang, elle va me rendre sourde en beuglant comme ça ! Je l'entends s'excuser en gloussant. Sasha n'a pas l'air dans son état normal. Intriguée, je me redresse et allume ma lampe de chevet. Éblouie par la clarté soudaine, je cligne plusieurs fois des paupières puis m'assois au milieu de mon lit. Pour le coup, je suis définitivement réveillée.

— Sash … ? T'as bu ? Ça va pas ?

— Je vais bien, merci, rétorque-t-elle avec un rire dans la voix.

— Si tu le dis… ça ne m'explique pas pourquoi tu me rappelles à…

Je regarde rapidement l'écran de mon smartphone et gémis intérieurement : visiblement, il s'est passé deux heures depuis que je me suis couchée, je vais donc avoir un mal fou pour me rendormir. D'ordinaire, si quelqu'un s'avise de me réveiller sans une bonne raison, il signe son arrêt de mort, mais comme il s'agit de ma sœur et que je n'ai pas pu la joindre un peu plus tôt, je fais contre mauvaise fortune bon cœur.

— Dis donc, c'est pas toi qui m'as téléphoné tout à l'heure ? Et tu me demandes pourquoi je te rappelle ?

— Oh ça va…, marmonné-je. J'émerge, moi, je te signale !

— Eh ben, t'as l'air ravie... Puisque tu le prends comme ça, je vais te laisser. On se rappelle dans la journée, râle-t-elle.

— Non, non, c'est bon, Sash ! Tu sais bien comment je suis au saut du lit. Ça me fait plaisir de t'entendre !

— Je rigolais, ma puce ! Il fallait que je te parle d'un truc de toute façon et crois-moi, ça ne peut pas attendre, m'avoue-t-elle d'une voix surexcitée.

Comme à son habitude, elle fait une pause théâtrale, ménageant son annonce. Résultat : je m'agite dans mon lit, avec l'envie irrépressible de la secouer jusqu'à ce qu'elle crache le morceau. Au bout de cinq interminables secondes de silence, je finis par perdre patience.

— Alors, ne me fais pas attendre ! Tu sais bien que je déteste quand tu fais des mystères !

En l'entendant pouffer de rire de l'autre côté de la ligne, je grince des dents.

Elle m'énerve !

— J'ai fait une folie, Caleigh, m'annonce-t-elle d'une voix faussement honteuse.

— Quoi donc ? dis-je en levant les yeux au ciel, légèrement agacée.

— J'ai acheté une voiture !

— Mais… et celle que tu avais déjà ?

— Revendue ! m'apprend-t-elle. Et franchement, je ne regrette pas : celle-ci est juste parfaite. C'est *la* voiture de mes rêves !

OK. Je décide de faire comme si c'était la chose la plus

normale au monde bien que je ne comprenne pas son achat : son SUV était pourtant en parfait état de marche.

— Génial ! m'exclamé-je exagérément. Mais c'est super, ça !

— Oui ! Dès que je l'ai vue, j'ai su que c'était elle. Attends, je t'envoie une photo, s'exclame-t-elle comme l'aurait fait une petite fille devant la dernière Barbie.

— J'ai hâte !

Là, je mens sans vergogne.

Mon téléphone vibre à la réception du MMS de ma sœur. Je l'ouvre sans conviction. Après tout, ce n'est qu'une bagnole, que peut-elle avoir de si spécial pour que ma sœur se comporte en véritable gamine ?

OH. MON. DIEU.

Je reste bouche bée.

— Elle est rose !

Elle hurle si fort que je l'entends distinctement alors que mon smartphone est posé sur ma couette.

Je me félicite intérieurement de ne pas avoir l'oreille collée à mon téléphone, vu ses cris, je serais devenue sourde.

— Alors ? Elle est pas mimi ? insiste Sasha, au bord de l'hystérie.

Encore sous le choc, je suis incapable de prononcer la moindre parole. Un silence tendu s'installe entre nous, je prends alors conscience que ma sœur attend une réponse de ma part. Sauf qu'il m'est difficile d'avoir un avis objectif sur la question. Seigneur, cette voiture est *rose*, quoi !

— Hum… oui… si on aime le style Barbie, finis-je par lâcher sur un ton plus ou moins prudent.

Une blonde dans une voiture de cette couleur ! Elle ne pouvait pas faire plus cliché. Il ne manquerait plus qu'elle soit décapotable, en plus ! Honnêtement, je ne comprends pas ce qui lui est passé par la tête. Était-elle dans son état normal lorsqu'elle a acheté cette… ce… ? En plus, l'engin a tout l'air d'être une antiquité venue tout droit des années cinquante – soixante à la rigueur. J'ai beau tourner et retourner la scène dans tous les sens, une seule question me vient à l'esprit : pourquoi a-t-elle fait ça ? Quelque part, un vague souvenir essaie de refaire surface dans ma mémoire sans que j'arrive à déterminer précisément de quoi il s'agit.

— Caleigh ? T'es toujours là ? s'inquiète ma sœur.

— Euh… oui, bien sûr, Sash.

— T'en penses quoi ?

À part que je trouve cette voiture hideuse ? Pas grand-chose.

Et dire que je prenais Sasha pour celle d'entre nous deux qui avait le plus de goût… En attendant, je ne peux pas lui dire le fond de ma pensée sans risquer de la blesser. Autant essayer une approche plus diplomate. Dieu que je déteste lorsque les rôles sont inversés …

— Si elle te plaît, c'est le principal… Au fait, comment

se fait-il que tu m'appelles si tard ? demandé-je en orientant habilement la conversation sur un autre sujet.

— J'avais un rendez-vous.

— Galant, tu veux dire ?

Cette nouvelle tombe à pic, je décide donc de la bombarder de questions pour lui faire oublier son truc rose. Sentant que la conversation risque d'être assez longue, je m'installe un peu plus confortablement en m'adossant contre la tête de lit, et, étant rendue un peu frileuse à cause de la fatigue, je remonte ma couette sous ma poitrine.

— Tu m'avais pas parlé d'un rencard la dernière fois que je t'ai appelée ou je me trompe ?

— Non, t'as tout à fait raison. En fait, Casey – c'est son prénom – était tellement mignon que je n'ai pas pu refuser. Et pourtant, il a fait tout ce que je déteste. Déjà, il travaille plus ou moins avec moi. Enfin non. Il est ambulancier, alors on peut dire qu'on n'est pas collègues. Tu sais que je ne sors pas avec mes collègues… et bref, j'ai refusé au moins trois fois de sortir avec lui, mais… il est encore revenu à la charge après ça avec fleurs, chocolats…

Un peu abasourdie par le culot du type, je l'interromps :

— L'artillerie lourde, quoi ! Eh ben, il a l'air de savoir ce qu'il veut, ce brave homme !

— T'as pas idée de quoi il est capable ! Imagine : il a même déclamé des haïkus dans le hall de l'hôpital. Du coup, vu que je ne savais plus où me mettre, j'ai fini par rendre les armes ! Grâce à lui, je suis devenue le centre d'intérêt de tout le monde au boulot !

N'ayant aucun mal à imaginer la scène où ma sœur essaie de se cacher pour échapper à son prétendant acharné, je ne peux refouler mon hilarité.

— Un gros lourd ? Sérieusement ? T'es sortie avec un gros lourd ?

— Ne te moque pas, Caleigh, proteste-t-elle en riant. C'est juste que… enfin… sa façon de me regarder avec son petit sourire timide…

— Tant que ça ?

— Oui, il est merveilleux. Adorable *et* drôle… *et* intelligent… *et* sublime, énumère-t-elle sur un ton où perce une adoration plus que tangible.

— Et je le rencontre quand, ce *merveilleux* Casey ? Tu comptes bien le revoir ?

Sasha se tait brusquement, éveillant immédiatement mes soupçons.

— Non ?

— En fait, je suis dans la salle de bains en ce moment. Il… il dort à côté, m'avoue-t-elle sur un ton gêné.

— T'es où ?

— Chez moi.

Je lève les yeux au ciel, ne sachant pas si je dois me réjouir ou m'inquiéter. Étant à des milliers de kilomètres de la Californie, je penche pour la seconde option.

— Sash… tu te rends compte que tu as amené un type que tu connais à peine dans ton lit ? Et si c'était un psychopathe ?

— Mais non, il n'est pas cinglé.

— Comment tu le sais ? Ted Bundy se baladait avec un post-it sur son front sur lequel était écrit en grosses lettres rouges : « Je suis un assassin », c'est bien connu ! marmonné-je entre mes dents serrées.

Au soupir qu'elle laisse échapper, je comprends que Sasha commence à s'énerver.

— Caleigh, puisque je te dis qu'il est normal ! Tu le constateras par toi-même quand tu reviendras en Californie.

— Si tu es encore viv…

— Caleigh ! s'écrie-t-elle, des reproches plein la voix.

— Bon, bon… je me tais. Mais tu es prévenue ! râlé-je sur un ton bourru.

— T'es impossible, petite sœur…

Nous rions toutes les deux. En vérité, je me doute bien qu'elle ne risque rien avec son Casey. Sasha est douée pour percer les gens à jour et elle ne s'est jamais trompée. Donc, si elle affirme être en sécurité avec son *merveilleux* petit ami, c'est que c'est vrai.

— Tu as pu parler à papa et maman, concernant tes projets ? change-t-elle habilement de sujet.

— À vrai dire, je n'ai pas trouvé le temps. Mais je comptais le faire durant le brunch de dimanche prochain. J'espère simplement que *mère* ne va pas piquer une crise.

— Tu risquerais d'être surprise, me répond-elle. Elle n'est pas si bornée que ce que tu veux bien croire.

— Mouais. On verra.

— Au fait, t'avais pas une expo ce soir ? Du body painting, c'est bien ça ? Comment ça s'est passé ?

Je souris, ravie qu'elle s'en soit souvenue.

— Super bien ! On a cartonné à l'UAC, ce soir. Il y a même un type, un agent artistique, qui m'a refilé sa carte.

Sash pousse un cri strident qui manque une nouvelle fois de me rendre sourde.

— T'es sérieuse ? Waouh ! Caleigh, tu déchires, ma puce ! Je savais que tout ça allait finir par payer…

Nous discutons joyeusement durant encore quelques minutes, puis je suis rattrapée par la fatigue. Épuisée, je bâille à m'en décrocher la mâchoire.

— Écoute, Sash, je tiens plus. On se rappelle en début de semaine prochaine ?

— C'est moi qui te téléphonerai, j'ai un planning assez chargé, donc on risque de se croiser.

— C'est toi qui vois, conclus-je d'une voix pâteuse.

Je sens mes paupières papillonner et je n'ai même pas la force de réprimer le second bâillement. Waouh ! Le sommeil a l'air de vouloir s'emparer de moi plus vite que prévu !

— Je dors sur place, Sash, je vais raccrocher, l'informé-je dans un souffle.

— D'accord. Je t'aime, petite sœur.

— Je t'aime, grande sœur… Passe le bonjour à ton Casey de ma part.

— J'y manquerais pas. Et, Caleigh ? Essaie de t'amuser, m'enjoint-elle, d'une voix douce avant de raccrocher.

Je repose mon smartphone sur ma table de nuit et éteins ma lampe de chevet. Je sombre ensuite très vite dans les bras de Morphée.

A tes souhaits...

-7-

Caleigh

26 octobre 2014

« Essaie de t'amuser. »

Les paroles de ma sœur n'ont cessé de tourner en boucle dans mon esprit la semaine suivante. J'ai bien conscience de ce qu'elle me demande et du fait qu'elle s'inquiète pour moi, mais voilà : sortir avec des gens, aller dans des soirées organisées par des fraternités, tout ça n'est pas dans mes habitudes. C'est un fait, je ne suis pas de celles qui se lient facilement.

Pour tout dire, j'ai un peu de mal avec mes pairs. Tous ces trucs de socialisation, ces codes – qu'ils soient gestuels ou vestimentaires – me passent au-dessus de la tête. J'ai très peu d'amis. En fait, si l'on excepte ma sœur, Mal et

Monsieur Moustache, il se peut que je n'en aie pas du tout. Je n'ai pas besoin de plus. Je suis ce qu'on pourrait appeler une solitaire – ou une asociale, si vous êtes de ceux qui ne m'aiment pas.

N'allez pas croire que je sois à plaindre ou que j'en souffre, cet état de fait me convient tout à fait. Bien sûr, je m'entends plutôt bien avec mes collègues et quelques étudiants – il se trouve que je sais *aussi* me montrer aimable – mais de là à envisager de sortir faire la fête avec eux, il y a un monde. Et ce n'est pas parce que je suis quelqu'un d'excentrique que cela fait de moi un boute-en-train, je serais plutôt du genre capitaine de soirée… enfin, si jamais j'y étais conviée.

De toute façon, les gens ont vite compris que m'inviter à quelque festivité que ce soit était peine perdue, je préfère rester chez moi, peindre, prendre des photos. Une raison à cela ? Disons que je suis très réservée, contrairement à ce que je veux bien montrer. Mon caractère bien trempé est une façade et si j'ai une grande gueule, c'est surtout pour empêcher quiconque de venir trop près. Et puis au moins, ça évite les déceptions. Peu de gens l'ont compris, ce sont d'ailleurs les seuls avec lesquels je m'autorise à m'ouvrir, les seuls qui comptent réellement – ma sœur et mon patron.

Sasha est ma « meilleure amie », quant à Mal, il a su abattre mes défenses. À la fois patient, bourru et subtil dans son analyse de la vie, il tient aujourd'hui le rôle de confident, même s'il a l'âge d'être mon père. En définitive, je ne suis pas aussi seule que Sash peut le croire puisque je les ai, eux. C'est bien assez, non ? Pourquoi essayer de me faire d'autres amis ? J'aimerais qu'un jour, ma sœur cesse de se faire autant de soucis pour moi et qu'elle ouvre les yeux : je ne suis pas un être seul et dépressif, je suis heureuse– même si je ne souhaite pas avoir une vie sociale correspondant à ses critères. À ses yeux, je devrais évoluer au milieu d'une bande de copains déjantés et avoir un petit ami. Je n'en ai pas, mais je n'en suis pas morte. Attendez, je vous arrête tout de suite, à vingt-trois ans, je ne suis pas une oie blanche et le sexe avec les garçons a toujours été fun. Simplement, ne pas avoir de rapport pendant des mois ne me gêne absolument pas. Ou peut-être que je ne suis pas tombée sur *le* garçon qui me fera changer d'avis. En attendant, je me concentre sur mes études. Finalement, je suis une fille modèle !

En parlant de ça, je m'apprête à honorer mon devoir envers mes parents en me rendant comme tous les dimanches au traditionnel brunch familial.

Encore dans mon appartement, je m'évertue à trouver une tenue adaptée. Aujourd'hui, j'ai décidé d'innover, c'est *mère* qui va être contente ! Plutôt que d'arriver en guenilles, comme elle a coutume d'appeler mes habituels jeans usés et mes chemises trop grandes, je vais porter des vêtements plus classiques : pantalon cigarette, chemisier en soie écru et derbies aux pieds. Je n'essaie pas de me montrer subtile, au contraire : lorsque mes parents vont me voir habillée comme pour aller à l'église, ils comprendront que j'ai une nouvelle à leur annoncer. J'ai dit que je me rendais chez mes parents pour faire mon devoir filial, pas que j'y allais en paix, ni sans aucune arrière-pensée. Sinon, ce ne serait pas drôle.

Je ne déteste pas mon père et *mère*, ils nous ont bien élevées Sasha et moi, mais ce sont des personnes assez froides et plutôt guindées. Nous n'avons vraiment manqué de rien à part un peu de chaleur. *Mère* s'est toujours efforcée d'être la meilleure possible en participant à toutes les réunions de parents d'élèves, en étant de toutes les collectes et tout ce qui avait trait à notre éducation. Mais, à mes yeux, ça n'était que de la poudre aux yeux. Mon père était absent la plupart du temps, partageant ses journées entre l'hôpital et le green où il tapait la balle avec ses amis chirurgiens.

Mère, une fois la porte fermée, passait son temps à soutenir des organisations caritatives, elle était bénévole au dispensaire, animait un club de lecture et… bref, elle aussi n'avait que peu de temps à accorder à ses deux filles. Lorsque par hasard elle nous en accordait, cela revenait généralement à écouter un véritable cours magistral sur le savoir-vivre en société.

Heureusement que nous avions une gouvernante.

Aux yeux de tous, nous étions la famille rêvée – même pour celles et ceux ayant le même statut social – et à l'école, je m'en souviens, les autres enfants nous disaient à quel point nous étions chanceuses. Moi, j'aurais voulu que mon père et *mère* soient un peu moins parfaits et un peu plus présents. Avec le temps, je m'y étais faite puisque l'absence de mes parents impliquait beaucoup de liberté pour moi. Et franchement, j'en ai profité. À douze ans, j'étais indépendante et surtout un véritable électron libre. De plus, les choix que j'ai pu faire n'ont pas toujours été de leur goût et à vrai dire, même si quelque part je m'amuse à essayer de rendre *mère* chèvre depuis mon adolescence, j'ai toujours eu cette désagréable impression que quoi que je puisse faire, ce ne serait jamais assez bien. Lorsque *mère* me regarde, je ne vois que de la déception dans ses yeux. Plus jeune, cela me touchait, aujourd'hui, non. Je me contente de faire figuration durant nos réunions familiales.

Tout est codé, millimétré chez les Valiant. Maintenant que j'y pense, pas sûre que mon annonce leur plaise. Comment leur faire changer leurs habitudes ? Venir au brunch du dimanche matin est comme une tradition perpétrée, pardon : *perpétu*ée depuis des siècles, et j'exagère à peine. Chaque dimanche, nous répétons les mêmes gestes, à commencer par mon arrivée chez eux. C'est le moment où nous nous voyons et où nous nous donnons des nouvelles. Tous les dimanches, nous socialisons selon les codes inhérents à notre famille. C'est plus qu'une occasion de nous réunir – sans Sash, puisqu'elle se trouve à l'autre bout du pays – c'est un véritable rituel.

Monsieur Moustache vient se frotter à mes jambes en ronronnant avec insistance, m'arrachant un sourire attendri. Je le gratte entre les oreilles tout en lui promettant de revenir très vite. On se demande qui je suis en train d'essayer de rassurer : lui ou moi ? Après tout, je ne pars que quelques heures, pas une semaine ! Si l'idée de ce brunch me paraît être une véritable torture, c'est tout simplement parce que m'imaginer sous le feu croisé des questions de mes parents me met mal à l'aise. Et là je sais qu'ils en auront une tonne, puisque j'ai raté plusieurs de nos rendez-vous dominicaux.

Pas que je l'aie fait exprès, mais entre la rentrée scolaire, les cours, mon travail à l'UAC et ma visite à Sasha, je n'ai pas trouvé le temps. Après un dernier coup d'œil à mon miroir, j'attrape mon manteau et je m'en vais.

Il me faut quinze minutes pour arriver dans l'Upper East Side en taxi. Mes parents habitent une de ces maisons en grès rouge, sur la 64e rue entre Madison et Park Avenue. Je paye ma course et descends du taxi puis monte les escaliers qui mènent à la porte d'entrée.

Je n'ai même pas le temps de sonner que Madame Stevenson ouvre la porte, un sourire chaleureux aux lèvres. Aussitôt je la prends dans mes bras. C'est une petite bonne femme âgée de soixante-dix ans, les cheveux gris et le visage avenant. Plus alerte que son âge ne le laisserait supposer, il se reflète dans ses yeux une grande douceur et une bonne dose d'humour. J'aime beaucoup cette vieille dame, elle s'est occupée de ma sœur et moi lorsque nous étions petites. Aujourd'hui même si elle continue de travailler pour mes parents, à mes yeux elle est plus un membre de la famille qu'une gouvernante. D'ailleurs, depuis le décès de son mari et le départ de leurs enfants, elle vit à l'étage où ma sœur et moi avions nos chambres.

—Ah ! Comme je suis contente de te voir, ma petite Caleigh !

— Moi aussi, Madame Stevenson…

— Quand vas-tu cesser de m'appeler Madame Stevenson ? Je t'ai déjà dit que j'ai un prénom ! me gronde-t-elle gentiment en me faisant entrer dans la maison.

— Vous vous joignez à nous pour le brunch ? demandé-je en retirant mon manteau.

Je proteste lorsqu'elle essaye de me le prendre des mains, je suis assez grande pour accrocher mon manteau à la patère moi-même !

— Caleigh, laisse-moi faire s'il te plaît, bougonne-t-elle.

— Vous avez assez de travail comme ça…

— J'ai beau m'occuper de cette maison, depuis que ta sœur et toi êtes parties, j'ai l'impression d'être inutile.

Je me fige, surprise. Jusque-là je n'avais pas pris conscience qu'elle pouvait se sentir désœuvrée. Je réprime un haussement d'épaules. Si ça peut lui faire plaisir, autant lui donner mon manteau.

— Alors, insisté-je, vous n'avez pas répondu à ma question. Êtes-vous des nôtres pour le brunch ?

— Bien sûr ! Je n'allais pas manquer ça ! Et comment va ta sœur, tu as eu de ses nouvelles ?

— Justement il faut que j'en parle à mes parents. Est-ce qu'ils sont dans la salle de petit-déjeuner ?

— Oui, ils t'attendent.

Je jette un regard interrogateur à Madame Stevenson et

vérifie l'heure sur l'écran de mon smartphone. Il est 9 h 30, je ne suis pourtant pas en retard. La gouvernante secoue la tête de droite à gauche et soupire.

— Oui je sais, tu es pile à l'heure. Mais tu connais ta mère…

D'accord, je comprends mieux maintenant. Si *mère* a décidé qu'il était plus judicieux de m'attendre…

Madame Stevenson m'adresse un clin d'œil avant de me précéder dans le petit salon. Dès que j'y entre, mon père se lève pour m'accueillir avec une étreinte. Il ne prononce pas un mot, ce n'est pas nécessaire, je sais à sa façon de me serrer dans ses bras qu'il est heureux de ma venue.

Larry Valiant est un homme assez pudique concernant ses émotions. Il parle peu et va toujours à l'essentiel, comme quand il officie au bloc opératoire. Mon père écoute, observe et seulement après, il parle. C'est l'homme le plus sage que je connaisse et, à mes yeux, ses conseils sont précieux.

Après un dernier sourire, il retourne à sa place. Je dois ensuite poursuivre le « protocole » : aller vers *mère* et la saluer – de loin, comme d'habitude. Pas d'effusion, elle n'aime pas cela. Pour quelqu'un d'extérieur à notre famille, notre comportement pourrait paraître étrange et, j'en conviens, c'est vrai qu'il est loin d'être chaleureux. Et pourtant, même si nos retrouvailles tiennent plus d'une chorégraphie soigneusement millimétrée, où la surprise n'a pas sa place, nous nous aimons, c'est certain.

Soudain, elle est près de moi, un sourire plaqué sur son

visage lisse. C'est si inhabituel que j'ai l'impression d'être en plein rêve. Pourtant, lorsque ses lèvres se posent sur ma joue, je comprends que c'est bien réel. Son parfum capiteux et hors de prix m'enveloppe, je me retrouve transportée des années en arrière, à l'époque où elle s'autorisait encore les démonstrations affectives. Que se passe-t-il ? Je la regarde, hébétée.

Et si elle était malade ?

Cela expliquerait pourquoi elle agit si bizarrement. N'importe quoi ! Il faut que j'arrête de me faire des films. D'accord, cette journée n'est pas banale, quoi qu'il en soit, autant profiter.

A tes souhaits...

-8-

Caleigh

Mère s'écarte de deux pas et m'observe attentivement quelques secondes.

— Tu as fait un effort aujourd'hui. Que nous vaut ce changement subit ?

Je me fige, instantanément, sur la défensive, et me retiens de lever les yeux au ciel. J'aurais dû me douter que cet instant de quiétude n'allait pas durer et non, vu comme elle agit elle n'est pas malade.

Nous nous toisons dans un silence tendu quelques secondes pendant lesquelles je me demande si elle sait quelque chose et fait tout pour me déstabiliser.

Est-il préférable de lui parler de mes projets tout de suite et partir, ou attendre que nous soyons tous autour de la table ? Autant le faire quand tout le monde sera assis, cela évitera un esclandre et surtout, je n'ai pas l'intention de me passer des muffins de Madame Stevenson.

— Juliet, laisse donc notre fille s'installer tranquillement. Alma, prenez place, vous aussi, dit mon père d'une voix douce, mais ferme.

Nous obtempérons dans un silence pesant et passons les secondes suivantes à rendre grâce, tout en nous jetant des regards en biais.

Voilà la raison pour laquelle manquer les derniers rendez-vous du dimanche ne m'avait pas du tout gênée. Intérieurement, je remercie mon père d'être intervenu et avoir évité un début de dispute. J'aime *mère*, mais je crois que jamais il ne se passera un jour où nos conversations ne tourneront pas au pugilat. Cette manie qu'elle a de tomber sur les gens – en l'occurrence moi – et de leur faire des remarques qui ne sont en fait que des reproches déguisés m'horripile. C'est d'un stressant ! Ajoutez à cela son regard bleu perçant qui semble vous fouiller au plus profond et vous avez une idée de mon état d'esprit. Du coup, là, j'ai l'impression d'avoir été prise en faute alors que je viens seulement de dire bonjour.

Mon père verse du café dans mon mug, je le remercie d'un regard et me saisis d'un muffin dans lequel je mords avec bonheur, pendant que *mère* babille comme à son habitude. Outre les potins du quartier, j'apprends qu'elle organisera une vente de charité au profit des orphelins de la police juste avant Thanksgiving. Mon père la félicite d'un vague hochement de tête et lui demande de lui rappeler d'envoyer début novembre un chèque au centre Lucile Packard, à San

Maddie D.

Francisco.

Je comprends aussitôt que c'est un moyen détourné de me demander des nouvelles de Sasha.

— Elle va bien. Je l'ai eue au téléphone pas plus tard que la semaine dernière. D'ailleurs, à ce propos…

— Nous y voilà ! s'exclame mère en levant les yeux au ciel. Je savais bien que tu nous cachais quelque chose.

— Je n'ai rien à cacher, me défends-je sur un ton las.

— Dans ce cas, tu vas m'expliquer pourquoi j'ai reçu un appel de ta fac ?

Mince ! Je ne pensais pas qu'ils seraient aussi réactifs : d'après moi, il était censé se passer quelques jours avant qu'ils ne pensent à appeler chez mes parents. Si la directrice l'a fait, c'est à cause du gros chèque donné chaque année par mes parents au bénéfice du foyer des étudiants. Forcément, elle a dû penser que si je quittais son école, l'argent des Valiant partirait avec moi.

Trois paires d'yeux sont braquées sur moi, vous parlez d'une pression ! OK. OK. Je respire un grand coup et me lance.

— J'ai décidé de partir à la fin du semestre. En fait, Sasha m'a proposé d'aller m'installer en Californie. Chez elle. Il y a de bonnes facultés et…

— Tu vas perdre ton année, m'interrompt mère d'un ton sec.

— Je sais. Mais ça va me permettre de me recentrer sur l'essentiel : savoir ce que je veux vraiment faire.

Mes parents lâchent un grand soupir. Je les déçois, je le sais, mais je ne peux pas continuer comme ça. J'ai entrepris des études d'art, mais je ne sais même pas où cela va me mener. Pourtant, je l'avoue, je m'épanouis dans la photographie et la peinture, mais de là à en faire mon métier… honnêtement, je n'arrive pas à m'y projeter. Je sais que je dois réfléchir sérieusement et si pour cela je dois perdre le bénéfice de ma deuxième année de Master, eh bien qu'à cela ne tienne, je la recommencerai. Je suis jeune, et c'est mon avenir que je joue. Je dois être sûre. Et puis, une année sabbatique, ça n'est pas la mort !

— Je suis désolée…

La main de Madame Stevenson serre la mienne avec douceur, je la regarde. Étrangement, elle est en train de me sourire et mes parents aussi ! Je ne comprends plus rien, je m'attendais à des reproches, pas à cela.

— Et bien, il était temps…, marmonne mon père.

Je suis complètement perdue et c'est à peine si je ne sens pas ma mâchoire se décrocher de surprise. Devant mon air ahuri, tous trois se mettent à rire. Nerveusement, j'en fais de même tout en me demandant ce que j'ai raté. Je les regarde tour à tour sans comprendre. Pourquoi n'ont-ils même pas l'air choqués ?

— Je peux savoir ce qu'il y a de drôle ?

— Rien, me répond mon père en reprenant son calme. Nous sommes juste soulagés que tu te réveilles enfin.

— Comment ça ?

— Laisse-moi t'expliquer, ma chérie. Ta mère et moi sommes heureux que tu te sois enfin décidée à prendre ta vie en main. Et je crois pouvoir affirmer sans me tromper qu'Alma l'est aussi.

Il ponctue sa phrase d'un clin d'œil à l'attention de la gouvernante.

Prendre ma vie en main ? Et les quatre ans d'études que je viens d'effectuer, c'était quoi ?

— Merci du vote de confiance, maugréé-je, vexée.

— Attends, Caleigh, je pense que tu n'as pas bien saisi où ton père veut en venir, intervient *mère* d'une voix apaisante.

Son intonation m'interpelle et je la fixe avec méfiance. Je m'attends à ce qu'elle m'assène le coup de grâce, mais elle lève les mains en signe de paix.

— Ton père et moi avons toujours été persuadés que tu faisais mauvaise route en ce qui concerne tes études.

Ben voyons…

Je m'attendais à quelque chose comme ça venant d'elle. C'est évident, elle n'a jamais accepté mes choix, de toute façon. Je ne me gêne pas pour lui faire comprendre le fond de ma pensée en la fusillant du regard, mais l'effet n'est pas celui escompté, j'aurais dû me douter qu'il lui en faudrait plus que cela. Nullement intimidée, ma mère se contente de lever les yeux au ciel.

— Tu es douée en tant qu'artiste, Caleigh, c'est certain. Mais je crois que tu as suivi ce cursus pour de mauvaises raisons.

Ah oui ? Et elle a trouvé ça toute seule ?

J'ouvre la bouche avec la ferme intention de lui envoyer une pique bien sentie, mais elle me fait taire d'un regard.

— Ma chérie, je sais qu'entre toi et moi, les relations sont, disons… compliquées. Depuis quelques années, tu t'évertues à tout faire pour me choquer. Tu as l'air de croire que plus tu seras excentrique, plus tu t'opposeras à moi. Or, tu te trompes. Tu n'imagines pas à quel point je suis fière de toi.

Je crois que si je n'avais pas été assise, je serais tombée à la renverse. *Mère* est fière de moi ?

Stupéfaite, je bredouille :

— Mais… mais…, je ne comprends pas ? Si tu me soutiens, comment peux-tu affirmer que je n'ai pas fait le bon choix ?

— Ce que veut dire ta maman, intervient Madame Stevenson, c'est que tu t'es lancée dans cette voie parce que tu pensais que cela ne lui plairait pas et non parce que toi, tu en avais envie.

Je baisse les yeux, un peu honteuse. Ils ont raison, tous, bien sûr. Au départ, mon inscription à l'école des arts visuels n'avait été motivée que par une envie de m'opposer à ma mère. Il n'y avait pas à chercher plus loin que cela.

— Caleigh, ma chérie… regarde-moi, s'il te plaît.

Je sursaute, peu habituée à la chaleur contenue dans la voix de *ma mère*.

— Qu'est-ce qui t'a fait croire que nous ne te soutenions pas ? reprend-elle.

— Je… parce que je n'ai pas fait comme Sasha ?

— Mais tu n'avais pas à faire comme elle ! Ma chérie, vous êtes différentes…

— … et nous vous aimons toutes les deux, l'interrompt mon père.

Leurs paroles me font l'effet d'une gifle. Soudainement, je prends conscience que je me suis trompée sur toute la ligne. Pendant des années, j'ai cru qu'il m'incombait en tant que la cadette d'être celle qui se rebellait. C'est bien connu, dans une famille, il en faut toujours une pour faire n'importe quoi. Et c'est ce que j'ai fait.

— Rejoindre ta sœur à San Francisco est une excellente idée, continue-t-il. Vous vous entendez à merveille toutes les deux et êtes plus proches que je l'aurais rêvé. En plus, cela me rassure, tu sais ?

— Ah bon ?

Je dois avoir l'air d'une ahurie, mais je ne m'attendais tellement pas à cette discussion que je suis incapable de réagir autrement.

— Tu sais, tu ne nous trompes pas sous ton apparence de forte tête, reprend ma mère. Nous savons que tu es plus timide qu'il n'y paraît. Le fait d'aller vivre avec ta sœur nous rassurera sur un point : elle ne te laissera pas t'enfermer dans ta coquille.

— OK... donc, si je comprends bien... vous n'êtes pas déçus ?

— Non. En fait, c'est tout le contraire. Ton père et moi pensons que tu as besoin de prendre du temps pour toi et de t'ouvrir aux autres. Quant à tes études, si tu décides de poursuivre dans cette voie, ce doit être parce que tu le sens au fond de toi et pour aucune autre raison. Quel que soit ton choix, nous te soutiendrons.

Les yeux écarquillés de surprise, je regarde tour à tour mes parents et Madame Stevenson, en essayant d'assimiler tout ce qu'ils viennent de me dire. Je ne sais que penser, ni que ressentir. Une chose est sûre : ils viennent de me donner une espèce de bénédiction. Waouh... c'est tellement bizarre ! Et alors que je devrais jubiler devant cette promesse de liberté qui s'offre à moi, je suis assaillie par le doute.

— Et si je me plantais ? Si je ne trouvais jamais ma voie ?

— Eh bien alors, tu n'auras qu'à épouser un acteur ! rétorque ma mère en souriant d'un air espiègle.

Nous rions tous, amusés par sa plaisanterie. Cependant, je ne me sens pas aussi joyeuse que je devrais l'être. Le fait est que tout ce que j'ai pu faire jusqu'à maintenant n'a pas été motivé par de bonnes raisons. Cette discussion à cœur ouvert avec ma famille m'en a fait prendre conscience. De plus, j'ai toujours pensé que mon apparente excentricité et ma grande gueule suffisaient à donner l'illusion que je suis forte et rebelle – apparemment, j'avais tout faux. Toutes ces années à faire ma mauvaise tête ont bien failli me coûter mon avenir.

Alors, comment suis-je censée me comporter maintenant ?

J'avoue être sacrément décontenancée. Peut-être aurions-nous dû avoir cette discussion avant, ça aurait évité de nombreux faux-pas. Oui, mais, étais-je assez mûre à ce moment-là ? Pas sûr. Finalement, peu importe le moment, le principal est d'avoir enfin pu mettre cartes sur table.

Petit à petit et pour la première fois depuis des années, je me sens enfin comprise et libre d'être moi-même. La sensation est un peu étrange, mais pas désagréable. Je me dis que je pourrais m'y habituer facilement.

A tes souhaits...

-9-

Hunter

Nuit du 26 au 27 octobre 2014

J'ouvre péniblement un œil, désorienté, et me tourne sur le dos.

Vegas a ce truc qui fait qu'une fois que tu y es, tu as du mal à en repartir, cette ville te jette littéralement un sort. Jamais je n'aurais cru qu'après avoir bouclé la campagne de pub pour le *Paris Las Vegas Resort*, je m'y attarderais.

D'accord, soyons honnêtes, ce n'est pas tant la ville qu'Adrian qui a su me retenir. Ce type a un tel bagout et est d'une compagnie si agréable, que lorsqu' il m'a proposé de rester quelques jours de plus pour continuer notre tournée des hauts lieux festifs – et du vice – je n'ai pas eu envie de dire non. Pas étonnant qu'il soit directeur marketing : il est tout à fait capable de vendre un frigo à un esquimau. Et donc, je suis sorti, j'ai bu et baisé dans tous les coins, avec tout ce qui bougeait et possédait un vagin ainsi qu'une paire de seins pendant cinq jours. *Cinq. Putains. De. Jours.*

Et bon sang, ça fait du bien. Maintenant, c'est sûr, ma déprime post Liza est bel et bien derrière moi.

J'ai appelé Casey pour lui dire que ça va, que je suis guéri de mon ex, que je m'éclate comme un fou, mais je crois qu'il n'a pas vraiment fait attention à ce que je lui racontais.

En ce moment, il est euphorique – un peu plus chaque jour, d'ailleurs. J'ai comme l'impression que la responsable de son état de flottement post-coïtal permanent est cette jolie blonde au sourire lumineux répondant au prénom de Sasha. Il a l'air mordu, le pauvre, c'en est pathétique. J'espère pour lui qu'il ne se réveillera pas un beau matin en s'apercevant qu'il n'aime pas cette fille allongée près de lui.

Putain, pourquoi faut-il que je remette ça sur le tapis, moi ? Et depuis quand est-ce que je ramène tout à moi ?

Je passe une main sur mon visage et lâche un soupir agacé. Je me crispe aussitôt, j'ai vraiment une haleine de poney… merveilleux !

Un grognement étouffé s'élève près de moi. Féminin, le grognement, c'est déjà ça. Sauf que je n'ai aucune idée de comment la fille s'est retrouvée dans mon lit. D'ailleurs, en y regardant de plus près, je n'ai pas l'impression d'être dans ma suite…

Maddie D.

Putain, mais qu'est-ce que j'ai foutu ?

Cette fois, c'est moi qui grogne et le son se répercute douloureusement dans ma boîte crânienne.

Bon sang ! Il faut que j'arrête l'alcool !

J'ai envie de gerber. Je me redresse péniblement, m'assois et respire lentement pour calmer mes haut-le-cœur. Une main aux ongles manucurés et exagérément longs se pose sur ma cuisse tandis que la nana avec laquelle j'ai passé la nuit vient se coller à moi. Je n'ai vraiment pas besoin de ça, elle me tient trop chaud et je sens que je suis sur le point d'être malade… la journée commence bien, tiens ! D'ailleurs, je n'ai pas la moindre idée de l'heure qu'il peut être.

La fille se met à me caresser de partout, j'ai l'impression d'être avec une pieuvre qui me palpe avec ses tentacules. À chaque fois qu'elle bouge, une odeur de sexe, de parfum bon marché et de transpiration flotte jusqu'à mes narines, me faisant frissonner de dégoût. Ça pue pour moi, je ne vais pas tarder à faire un malaise. Seulement, ma copine de baise se méprend sur ma réaction épidermique et approfondit ses caresses, allant jusqu'à se frotter lascivement contre moi.

— Chéri, waouh… t'es brûlant. Prêt pour un quatrième round ? susurre-t-elle d'une voix suave.

Chéri ? Elle est sérieuse ?

Sa main se faufile jusqu'à ma queue, je la repousse gentiment avant que l'un de nous deux soit vexé par mon absence de réaction physique.

— Hum… ça va pas le faire, je crois.

— Mais si, mon chou…, murmure-t-elle, absolument pas découragée.

Elle entreprend alors de me lécher le dos. Ça m'en colle des frissons de dégoût.

Merde, c'est… dégueulasse !

Écœuré, je me lève et lui fais face. J'aurais mieux fait de m'abstenir. Le spectacle de cette brune vulgaire, au visage maculé de traces noires de mascara me coupe définitivement toute envie de remettre ça. Je secoue la tête en essayant de prendre un air désolé, histoire de lui faire comprendre que c'était cool, mais que non on va s'arrêter là.

— Allez, champion… tu vas pas t'arrêter en si bon chemin ? proteste-t-elle.

Comme je ne réponds pas, elle commence à se caresser sous mes yeux… à grand renfort de gémissements exagérés dignes d'une actrice porno, me lançant un regard qui se veut sensuel. Je reste figé de stupeur. Comment peut-elle croire que son cirque va réussir à me faire bander ? Cette fille n'a aucun intérêt, hormis une paire de seins géants – encore que j'aie dans l'idée qu'ils sont faux. Sérieux, entre mes jambes, il ne se passe rien, c'est le calme plat, pas même le plus petit soubresaut. La seule envie qui me taraude, là, tout de suite, c'est de me rhabiller et fuir à toutes jambes.

Je lui fais un sourire crispé et entreprend discrètement de repérer où sont mes fringues. Mon boxer est au pied du lit et le reste un peu plus loin, près de la porte. Une bonne chose de faite. Dans le même temps, je me rends compte de deux choses : premièrement, il fait encore nuit d'après ce que je peux voir à travers les stores. Constat numéro deux, je me trouve dans une des chambres d'un motel miteux. J'espère au moins qu'ils prennent le soin de changer les draps dans cet établissement, je n'aimerais pas avoir à me débarrasser d'hôtes indésirables.

Putain. C'est juré, j'arrête de boire comme un trou.

— Bon… euh… je crois que je vais y aller.

La fille s'arrête net, sa bouche se tord de colère, et elle me fixe d'un air glacial.

— T'es sérieux, là ?

— Ben… ouais.

Je crois que je ne me suis jamais senti aussi mal à l'aise devant une nana – à poil, qui plus est. Bien entendu, je ne me sens absolument pas coupable de lui fausser compagnie, mais clairement, vu le regard qu'elle me lance en ce moment, la gonzesse fait un peu peur.

— OK. C'est toi qui vois, lâche-t-elle sèchement en se rasseyant sur le lit.

Elle attrape un paquet de cigarettes posé sur la table de nuit, en sort une et l'allume pendant que je me hâte de remettre mes vêtements. Je crois que je n'ai jamais été aussi rapide pour me rhabiller, mais j'ai besoin de sortir et de respirer de l'air pur. Chose que je vais avoir tout le loisir de faire en attendant le taxi que je vais être dans l'obligation d'appeler. Je ne me souviens pas avoir vu de motel près de la boîte de nuit où j'ai passé la soirée, d'autre part, je n'ai aucune idée de l'endroit où je me trouve, ni de la distance avec le *Paris*.

— Bon, ben… c'était sympa… euh…

C'est moche, je ne connais même pas le prénom de cette fille.

— … Ruby, me lâche-t-elle, tout en exhalant un épais nuage de fumée.

Je hoche la tête, incapable de trouver un truc sympa à ajouter. Je déteste me sentir aussi con. Alors je fais appel à toutes mes ressources afin de lui donner l'impression d'avoir un type poli en face d'elle.

— Je… merci…

— C'est ça, merci. Oublie pas de poser les trois cent cinquante dollars sur la table en partant, conclut-elle sans me jeter un regard.

Ma mâchoire se décroche, je la ramasse avec le peu de dignité qu'il me reste.

— Les… trois cent cinquante… ?

— Tu crois que je bosse pour des cacahuètes, beau blond ? T'as profité de la marchandise, tu passes à la caisse.

Incapable de traiter l'information qu'elle vient de me donner, je sors l'argent demandé, le pose là où elle me l'a indiqué et sors de cette chambre d'un pas raide.

— Putain, je me suis tapé une pute ! marmonné-je en claquant la porte.

Bravo Hunter, t'as fait fort. La grande classe, y'a pas à dire.

Une chose est sûre, les conneries ça suffit. Je me suis bien amusé ; maintenant, il faut rentrer. Mais avant ça, il me faut quelques heures de sommeil et surtout une bonne douche. Je sors mon téléphone et le rallume en cherchant des yeux le nom du bouge dans lequel j'ai passé une bonne partie de la nuit et appelle un taxi. Après avoir donné l'adresse et raccroché, je me mets à rire nerveusement.

Sérieusement ? Je viens de me taper une prostituée ?

Si Casey apprend ça, il va se foutre de ma gueule pendant des semaines – que dis-je, des mois. Non, il vaut mieux garder ça pour moi, je ne suis pas sûr d'assumer ce qui vient de se passer.

Machinalement, je baisse les yeux vers l'écran de mon smartphone et remarque que j'ai six appels en absence et un message sur ma boîte vocale. Je connais le numéro qui y est affiché : c'est celui des parents de Casey. Apparemment, ils ont essayé de me joindre. Mais six fois ? C'est énorme !

Merde, c'est quoi ce bordel ?

Même si je m'entends bien avec eux, ils ne sont pas du genre à m'appeler, sauf quand ils n'arrivent pas à joindre leur fiston. En réfléchissant bien, ils ne sont même pas du genre à flipper si Casey oublie de leur passer un coup de fil deux semaines d'affilée. Je n'aime pas ça, et même pas du tout. Inexplicablement inquiet, j'écoute le message. Si Casey avait dû voir ses parents, il m'en aurait parlé. Quoi que, vu qu'il est sur une autre planète en ce moment, il doit peut-être avoir tout simplement zappé…

C'est Jenny, la mère de mon meilleur ami, qui a tenté de me joindre. Au son de sa voix tremblante, je me décompose et, alors que mon cerveau traite chacun de ses mots, je sais que je ne vais pas m'en remettre.

« Hunter… il y a eu un accident. Casey… Oh ! Seigneur tout-puissant… Casey nous a quitté. »

Il faut que je rentre. Je raccroche et range d'un geste mécanique mon téléphone dans ma poche. Tant pis pour le taxi. Je me mets à courir. Il faut que je rentre.

-10-

Caleigh

Finalement, je passe le reste de la journée chez mes parents. Nous discutons à bâtons rompus et nous nous remémorons de vieux souvenirs. C'est agréable, j'avais presque oublié ce que ça faisait d'avoir une discussion normale en famille. Je leur parle aussi de l'exposition de la semaine précédente à l'UAC et ma rencontre avec un agent artistique. D'ailleurs, en parlant de lui, je ne sais même pas si je vais le recontacter.

Vers 18 h, mon père m'appelle un taxi. Toutes ces émotions m'ont épuisée et je n'aspire qu'à rentrer chez moi et me coucher. En plus, demain j'ai cours aux aurores. Avant de partir, je leur promets de revenir dans la semaine en plus du dimanche suivant. Dans quinze jours, notre famille sera réunie pour Thanksgiving, Sasha les a appelés pour leur confirmer sa venue, en omettant volontairement de me tenir au courant. Et moi, bien sûr, je suis folle de joie. Dans ma tête, j'imagine déjà nos retrouvailles et comme d'habitude, cela risque d'être la folie !

Nos parents ont tout à fait raison, rejoindre ma sœur en Californie est la meilleure idée que j'ai eue. Elle est ma référence, mon ancre, ma confidente, ma meilleure amie. Avec elle, je suis moi.

Encore un peu plus de deux mois, et je partirai à l'autre bout du pays, laissant New York derrière moi. Bien entendu, même s'ils ne le disent pas, j'ai dans l'idée que nos parents feront le trajet vers l'Est des États-Unis le plus souvent possible. Même si nous sommes adultes, ils ont besoin de savoir leurs deux filles heureuses et en sécurité.

Lorsque j'arrive chez moi, je suis accueillie par Monsieur Moustache. Comme à mon habitude, je m'empresse de lui raconter ma journée comme je l'aurais fait à un ami. Pourtant, ce dimanche, je ne suis pas énervée quand, alors que je le gratte entre les deux oreilles, je lui relate les événements surprenants du brunch avec ma famille. Au contraire, je souris. Je suis apaisée. Et c'est dans cet état d'esprit que je m'endors dans mon lit, Monsieur Moustache pelotonné à mes pieds.

Vers trois heures du matin, je suis réveillée par des coups

frappés à ma porte. Je ne reçois que très peu de visites, aussi je me demande qui peut bien avoir le culot de me sortir du lit à cette heure-là. Je me lève en grognant avec un mauvais pressentiment. Non, ce n'est pas normal.

Je colle mon œil au judas pour découvrir mon père et ma mère de l'autre côté de la porte. Quelque chose ne va pas, ils ne seraient pas là autrement d'autant que leurs visages semblent dévastés. *Mon. Dieu. Mon. Dieu.* Mon cœur tambourine comme un fou dans ma poitrine alors que je retire la chaîne de sécurité et leur ouvre. Je ne me suis pas trompée, ils sont livides et moi, je sens peu à peu le froid me gagner.

Ils entrent et me parlent. *Non-non-non.* Je ne comprends pas, je n'entends pas les mots qui sortent de leur bouche, ou plutôt, je ne le veux pas. J'ai juste conscience de mes jambes en coton qui ne me tiennent plus et que je me laisse glisser le long du mur jusque sur le sol. Ensuite, maman est près de moi et m'entoure de ses bras. Des larmes inondent mes joues, je ne peux pas les arrêter. *Non-non-non.* Ça ne se peut pas.

Ça. Ne. Se. Peut. Pas.

A tes souhaits...

-11-

Caleigh

26 janvier 2015

— Alors, tu t'en vas ? Tu es sûre de toi ?

Je réponds par un hochement de tête à la question de Mal en espérant que, comme lui et Madame Stevenson, mes parents comprendront ma décision. Il m'a fallu des semaines pour remonter la pente, les semaines les plus dures de ma vie. Et même faire le choix de tout laisser derrière moi n'a pas été facile, mais au fond je sais que c'est ce qu'il faut que je fasse.

Mon père me regarde avec tristesse et ma mère est livide. Je suis consciente qu'ils n'approuvent pas, qu'ils préféreraient que je reste et je ne peux pas les en blâmer, la dernière fois qu'ils ont laissé une de leurs filles partir à l'autre bout du pays, elle n'en est pas revenue.

Les larmes me brouillent la vue, je ferme les yeux et respire à fond en ignorant la boule douloureuse au fond de ma gorge.

Encore une fois, il me faut plaider ma cause– comme chaque jour depuis trois mois.

— J'avais prévu d'aller m'installer là-bas, de toute façon. Je vous en avais parlé. Papa, maman, vous vous en souvenez ?

Ma mère éclate en sanglots, mais elle hoche la tête. Elle sait que rien ne me fera revenir sur ma décision, même si aller à San Francisco me brisera le cœur un peu plus. Mais j'avais promis à Sasha que j'irai m'installer chez elle.

— Pourquoi ? Pourquoi insistes-tu pour aller là-bas ? Qu'espères-tu y trouver ? explose soudain ma mère à travers ses larmes.

— Je serai près d'elle.

Je prononce ces mots d'une voix douce, je veux qu'elle comprenne que c'est important pour moi.

Maman me fixe pendant de longues secondes, le visage ravagé par la douleur. Je retiens mon souffle, espérant qu'elle rendra les armes. Les rides au coin de sa bouche se creusent un peu plus.

Ces derniers mois, le chagrin a posé sa marque sur ses traits. Elle ne fait plus autant attention à son apparence, comme si en perdant Sasha, elle avait perdu tout intérêt pour les choses. Ses magnifiques yeux bleus ont pris une teinte délavée et elle ne tente même plus de dissimuler ses cernes sous un peu de maquillage. Elle s'habille parce qu'il le faut– dans les premiers temps papa et moi nous occupions de cela pour elle. Ses cheveux, soudainement devenu gris, et jadis si bien coiffés, pendent, gras dorénavant. Et à chaque heure de chaque jour, elle tient désespérément contre elle le vieil ourson en peluche de ma sœur.

En vérité, je ne supporte plus de la voir comme ça, errer comme une âme en peine. Et c'est aussi pour ne plus la voir s'étioler que je m'en vais. C'est lâche et je suis consciente qu'il faudrait rester pour faire front ensemble, être une famille. Être soudés. Simplement, voir le chagrin de mes parents me renvoie au mien, implacablement, et je n'en peux plus. Je préfère fuir.

Au bout d'une éternité, ma mère lâche un soupir tremblant.

— Tu iras la voir tous les jours ?

Mon cœur se brise une nouvelle fois. Pourrais-je le réparer un jour ? Ou suis-je condamnée à avancer pour le reste de ma vie avec ce trou béant dans ma poitrine ? Comment se remet-on de la perte d'un être cher ? Est-ce seulement envisageable ?

Je me concentre sur ma respiration afin de repousser mon envie de m'effondrer. Je n'en ai pas le droit, je n'ai pas perdu mon enfant, moi. *Non, juste ma grande sœur. Ma meilleure amie.* Mais je dois me montrer forte. Pour ma mère. Pour mes parents. Alors, je plaque un sourire sur mon visage, sans faire attention aux regards inquiets de Madame Stevenson et de Mal.

Ils voient clair en moi.

Comme Sasha.

— Ne t'inquiète pas, maman… c'est promis, j'irai la voir tous les jours. Et je t'appellerai ensuite.

L'éclair de gratitude dans ses yeux me tue un peu plus.

Je passe la semaine suivante à mettre en ordre toutes mes affaires. Je fais cela au ralenti, je suis comme engourdie depuis ce jour d'octobre. J'ai du mal à réfléchir, du mal à dormir, du mal à manger. Continuer à voir *chaque jour* se lever est une véritable torture. *Chaque jour*, je ne peux m'empêcher de penser à Sasha et au fait qu'elle me manque et que je ne la reverrai plus. *Chaque fois* qu'il m'arrive quelque chose ou que j'ai envie de discuter, mon premier réflexe est de prendre mon téléphone pour l'appeler avant de me raviser en me souvenant. Et *chaque fois*, je fonds en larmes.

Je ne repasse pas voir mes parents, cela m'est impossible. Voir ma mère se laisser aller est trop dur à supporter. Cela peut paraître égoïste, mais il m'est devenu vital d'éviter sa présence. Mais *chaque jour*, j'appelle à la maison et demande de ses nouvelles à papa ou à Madame Stevenson. Bien sûr, il n'y a pas une minute où je n'ai pas envie de m'y rendre, après tout, c'est mon autre chez-moi. Sauf qu'avoir un « chez-soi » implique qu'on s'y sente bien et qu'on y trouve du réconfort, or, ce n'est pas le cas. Je préfère encore la solitude de mon appartement.

Maddie D.

La veille de mon départ, je vais une dernière fois à l'UAC pour dire au revoir à mes collègues, ainsi qu'à Mal. Je parle longuement avec lui en essayant de le rassurer du mieux que je peux. Bien sûr, je comprends les raisons de son inquiétude, je vais affreusement mal, j'ai perdu du poids et mon visage porte la marque de mes journées passées à pleurer. Mais cela va passer, il paraît qu'avec le temps, la douleur s'atténue. Simplement, je me demande si ce jour arrivera. Avec le temps…ça veut dire quoi « avec le temps » ? Que j'oublierai ma sœur ? Que je me ferai à son absence ? Que la douleur s'estompera ? Que je ne la pleurerai plus ? Conneries, tout ça !

Afin qu'il me laisse partir l'esprit un peu plus tranquille, je ne lui fais pas part de mes doutes et lui promets de l'appeler le plus souvent possible, en échange de quoi il me promet de faire attention à lui et d'engager quelqu'un pour me remplacer. Ces adieux sont une déchirure, car, à part ma sœur, Mal est le seul véritable ami sur qui je peux compter.

Je sais que je pourrais changer d'avis et ne pas partir, mais je sens qu'il est important pour moi d'aller là-bas, ne serait-ce que pour réaliser le souhait de ma sœur de me voir emménager à San Francisco.

Là-bas, je pourrai prendre un nouveau départ, me recentrer sur moi et lorsque le moment sera venu, commencer à m'amuser un peu. Seigneur, j'aurais tellement voulu partager ça avec Sasha !

A tes souhaits...

-12-

Caleigh

4 février 2015

Le taxi nous dépose, Monsieur Moustache et moi devant la maison de Sasha – *ma maison.*

Je dois encore aller signer les papiers faisant de moi la propriétaire de tout ce qui appartenait à ma sœur, l'exécuteur testamentaire m'a dit que je pouvais prendre le temps qui me sera nécessaire.

Je suis sa légataire. Tout ce qui a été à elle est maintenant à moi. Sur le coup, j'ai cru à un malentendu. Mais lorsqu'elle avait commencé son internat, elle avait fait rédiger un testament, modifiable par la suite lorsqu'elle se serait mariée et/ou aurait eu des enfants. Finalement, ce n'est pas si étonnant que cela : Sasha a toujours été du genre à tout prévoir. Il n'y avait pas de place pour l'imprévu dans sa vie.

Et là, arrivée devant la porte de sa maison, je ne suis même plus sûre de ce que je dois faire. Je commence tout juste à assimiler sa mort, alors hériter de ses biens… c'est encore trop tôt pour l'accepter.

Je monte les marches avec dans une main, le panier de transport de mon chat, et de l'autre, ma valise– celle que je prends pour partir juste quelques jours. Je n'ai pas emporté grand-chose, juste le nécessaire. Le reste de mes affaires me sera envoyé lorsque j'en donnerai l'ordre.

J'ouvre la porte et reste plantée sur le seuil, incapable de bouger. C'est comme si je m'attendais à ce qu'elle apparaisse dans le vestibule, pour m'accueillir avec son sourire lumineux. Cela fait trois mois que personne n'est entré ici, mais ça sent encore *elle*. Une odeur qui me rassure et à la fois me donne envie de pleurer.

Putain, je ne m'attendais pas à ce que cela soit aussi dur de revenir ici.

Monsieur Moustache m'adresse un miaulement interrogateur. Ou peut-être est-il seulement impatient de sortir de sa caisse de transport après le long voyage depuis New York. Quoiqu'il en soit, je prends cela comme le signe qu'il est temps d'entrer.

Je ferme la porte et vais déposer mes affaires dans le salon. Chacun de mes pas résonne dans la maison, me faisant sentir un peu plus cette impression de vide qui ne me quitte plus depuis des semaines. Je libère le chat, le caresse et l'emmène avec moi dans la cuisine pour lui donner à boire et à manger.

Je ricane en prenant soudainement conscience que j'ai pensé à prendre de la nourriture pour lui, mais pas pour moi. Ce n'est pas la première fois que cela m'arrive, j'éprouve parfois un peu de mal à penser aux choses basiques, tout simplement.

Je fouille les placards à la recherche de quelque chose de comestible, mais à part des crackers et du beurre de cacahuètes, tout est vide. C'est normal, j'ai tout vidé il y a trois mois. Je regarde l'écran de mon smartphone, il n'est que 16 h, mais je suis crevée ; les courses attendront le lendemain. Là, j'ai juste envie de fumer une cigarette et dormir. Et puis non, juste dormir.

Je monte à l'étage pour frapper à la porte de Sasha et la prévenir que je vais me coucher. Je m'arrête net, suspendant mon geste devant sa chambre en me souvenant qu'elle n'est plus là. Qu'elle ne le sera jamais plus. Des larmes trop longtemps retenues dévalent mes joues, brulantes et douloureuses. Et plus j'essaie de les arrêter, plus mes pleurs redoublent d'intensité. Je hais ces habitudes qui restent ancrées en moi.

Je finis par redescendre et me pelotonne tout habillée sur le canapé.

4 novembre 2014

C'est une belle journée. Le ciel est d'un bleu céruléen, le soleil brille et la brise agite les quelques feuilles refusant de tomber des arbres qui bordent cette allée de la City of Souls.

Sasha aurait aimé ça.

C'est une belle journée pour un enterrement.

Nous n'avons pas fait rapatrier sa dépouille à New York. J'ai dû batailler avec mes parents, mais ils ont fini par comprendre que Sasha aimait San Francisco et qu'il était logique qu'elle repose là où elle avait choisi de construire sa vie.

Derrière mes parents, madame Stevenson et moi, marchent les amis, les collègues et la famille éloignée. C'est fou ce que ce genre d'événement peut ramener de monde. Je ne connais pas la moitié de ces gens, je ne suis même pas sûre que Sasha ait su nommer toutes ces personnes.

Nous suivons le corbillard qui remonte sur El Camino Real avant de tourner vers le cimetière protestant. Arrivée à *destination*, la voiture s'arrête enfin.

Des chaises blanches sont déjà installées devant ce trou béant dans le sol – la sépulture de ma sœur. Papa, maman, Madame Stevenson et moi nous installons, les gens qui sont venus rendre un dernier hommage à ma sœur en font de même. C'est assez étrange, s'il n'y avait pas eu le pasteur, on aurait pu croire à un remake de la cérémonie de remise des diplômes. D'ailleurs je portais du noir, comme ce aujourd'hui.

L'homme de Dieu commence son oraison funèbre. Je serre la main de ma mère dans la mienne. Il est inutile de la regarder car je sais qu'elle pleure. Elle ne fait que ça, ces derniers jours. Ça et puis dormir, grâce aux tranquillisants prescrits par notre médecin. Depuis ce matin-là, où elle est arrivée chez moi avec papa m'annoncer la terrible nouvelle, elle est shootée à longueur de journée.

Je ne sais même pas si un jour elle réussira à surmonter sa perte. Notre perte à tous. Ma sœur est morte.

Dans son oraison, le pasteur nous parle de ce Dieu qui rappelle ses enfants auprès de lui. Par amour, d'après lui. Intérieurement, je bous. Je sais que je ne devrais pas penser cela, mais notre soi-disant Père à tous doit avoir une bien étrange définition du verbe aimer. En tout cas, ce n'est pas celle que je connais. Et tandis que les mots se déversent de la bouche de l'homme d'église, je sens enfler en moi une envie de hurler, de me lever pour le secouer et le bâillonner pour qu'il cesse de proférer ces inepties. Il devrait être puni pour oser dire de tels mensonges. Ces mots sonnent creux et sont une insulte à la mémoire de Sasha. Tout cela n'est qu'un ramassis de conneries. C'est stupide. Indécent. Injuste.

On ne meurt pas à vingt-six ans, alors qu'on est en bonne santé, qu'on a des tonnes de projets et la vie devant soi.

Comme un écho à la tempête de colère qui gronde en moi, la brise soulève des feuilles mortes et un peu de poussière.

Alors que je tourne le visage pour les éviter, mon regard se pose sur une silhouette adossée à un arbre. C'est un homme et il semble occupé à nous fixer, du moins son attention semble se porter sur le cercueil de ma sœur.

Mais qu'est-ce qui ne va pas chez lui ? Quel besoin pervers le pousse à nous observer comme s'il assistait à je ne sais quel spectacle de cirque ?

Avant de laisser la colère me gagner, j'embrasse ma mère sur la joue et lui murmure à l'oreille que je n'en ai pas pour longtemps. Je me lève avec la ferme intention d'aller régler son compte à ce voyeur, mais une fois que j'arrive à l'endroit où je l'ai aperçu, il a disparu. Je fouille des yeux les alentours, mais rien.

Et si j'avais rêvé ? Si j'avais imaginé la présence de cet homme ? Pourquoi mon esprit me jouerait-il ce genre de tour ? Finalement, je suis peut-être bien plus fatiguée que ce que je pensais…

Je suis sur le point de faire demi-tour et de rejoindre mes parents ainsi que les gens présents pour l'enterrement de ma sœur, lorsque j'aperçois un groupe de personnes un peu plus loin. Rassemblés autour d'une sépulture, ils semblent eux aussi pleurer un être cher. Ça m'attriste profondément que d'autres gens aient à dire adieu à un proche justement aujourd'hui, parce que c'est vraiment une journée magnifique et qu'ils devraient pouvoir la passer ailleurs qu'ici. Je sais que c'est stupide de penser à ça– après tout, des gens meurent chaque jour– mais c'est plus fort que moi, je ne peux m'empêcher de me sentir triste pour eux. Je détourne le regard et rejoins les miens. Il est l'heure de se soutenir et de pleurer Sasha ensemble.

Je déteste *cet endroit*.

Je déteste *aujourd'hui*.

Je hais *tout ça*.

Je me réveille au petit matin, les yeux gonflés à force d'avoir pleuré dans mon sommeil. Je me traîne jusque dans la cuisine et allume la cafetière. La dernière fois que je me suis trouvée dans cette pièce au moment du petit déjeuner, ma sœur m'avait chambrée à propos des pénis. Je souris à ce simple souvenir, avant de prendre brusquement conscience que merde, j'ai *souri*. C'est tellement étrange de prêter attention à un geste aussi simple… dire que des tas de gens le font naturellement, sans y penser, plusieurs fois par jour. Ce n'est pas mon cas, du moins ça ne l'a pas été depuis longtemps.

Peut-être faudrait-il que je m'applique à réapprendre comment faire. Sasha n'aurait pas voulu que j'oublie comment sourire. Elle passait son temps à me dire qu'il fallait que je m'amuse.

C'était son souhait.

Le fait que j'y sois parvenu est un signe. Je dois faire ce que ma sœur m'a toujours conseillé. Aujourd'hui marque le premier jour de ma nouvelle vie. Et chaque jour qui suivra, je devrai m'appliquer à sourire au moins une fois. Forte de cette résolution, je fouille les tiroirs à la recherche d'un post-it, en trouve un et y note avec soin ces deux phrases : « Sourire au moins une fois par jour » et « Apprendre à m'ouvrir aux autres ». Puis je fixe ça au frigo afin de l'avoir sous les yeux tous les jours.

Je décide ensuite qu'il est temps pour moi d'aller faire les courses, cela me donnera l'occasion de découvrir un peu plus la ville car bien que j'y sois venue plus d'une fois pour rendre visite à ma sœur, son emploi du temps très serré ne nous avait pas permis d'aller autre part que dans les coins touristiques. De ce fait, vu que je ne connais pas San Francisco comme ma poche, une visite du quartier suffira bien pour aujourd'hui, je ne me sens pas encore l'esprit assez aventureux pour aller plus loin.

Je reviens quelques heures plus tard, après m'être égarée dans Castro, le quartier gay. Il faudra que j'y retourne un de ces quatre, ayant trouvé cet endroit très joli et animé. J'y ferais certainement de belles photos, j'ai déjà repéré quelques spots intéressants. En définitive, me perdre a été une expérience positive puisque cela m'a permis de découvrir que malgré tout, je n'ai rien perdu de mon esprit créatif. Pour ne rien gâcher, je reviens chez moi avec de quoi manger pendant une semaine. Ça aussi, c'est bien.

Je passe l'heure suivante à ranger mes affaires ramenées de New York, même si je n'ai pas pris grand-chose, je ne manquerai de rien en attendant de me faire livrer le reste. Et puisque je suis en mode organisation, j'en profite pour prendre enfin rendez-vous avec l'exécuteur testamentaire, afin de tout mettre en ordre. Je préfère m'en occuper le plus vite possible, je ne veux plus avoir à penser à ces tracas administratifs.

En milieu d'après-midi, j'appelle un taxi afin qu'il me conduise à Colma[2]. Il est temps que j'aille voir ma sœur. Ça peut paraître stupide, mais je ressens le besoin de lui parler, lui dire ce que j'ai fait et comment je me sens. M'excuser de ne pas être venue la voir plus tôt, aussi. Sur le trajet, j'achète un bouquet de roses thé, ses fleurs préférées.

En arrivant devant le cimetière, je suis à nouveau submergée de chagrin. C'est dur d'être ici, la douleur est toujours aussi intense après tout ce temps sans être revenue.

Déjà trois mois…

Je sors du taxi et rajuste mon manteau. Puis je ferme les yeux, prends quelques inspirations profondes et m'engage sur le chemin avec tout le courage dont je suis capable. Lorsque j'arrive devant sa tombe, je découvre que quelqu'un a l'air de s'en occuper depuis quelque temps, si j'en crois les différents bouquets posés au sol et le dernier semble encore frais… Ma gorge se serre et les larmes me montent aux yeux. Je sais que je ne vais pas pouvoir les retenir.

---

2 Colma est une municipalité du comté de San Mateo en Californie dans la banlieue Sud de San Francisco. La ville a été fondée en 1924 en tant que nécropole. Une grande partie des terrains de la ville étant occupée par des cimetières (17 pour les Hommes et un pour les animaux), la ville a été surnommée « *City Of Souls* » : « La Ville des âmes », ou encore « *The City Of The Silent* » : « La Ville des silencieux ».

A tes souhaits...

Qui que soit celui ou celle qui a eu la bonté d'âme de prendre soin de Sasha, je l'en remercie…

-13-

Hunter

5 février 2015

Elle est là. Je suis sûr que c'est elle. La sœur de Sasha. Je le sais parce que je suis allé interroger le pasteur dès le départ de sa famille, après l'enterrement et que je n'ai pas pu oublier son visage depuis ce jour de novembre. Je sais aussi qu'elle et les siens habitent New York.

Alors quelles étaient les chances pour que je tombe sur elle dans Castro ? J'ai beau ne pas être doué en calcul de probabilités, je suis pourtant prêt à affirmer qu'elle est immense et que cette rencontre fortuite ne signifie qu'une seule chose : elle est à San Francisco. Peut-être même qu'elle s'y est installée. En même temps, si ce n'est pas le cas, je m'en fous. Ce n'est pas comme si on se connaissait ou quelque chose de cet ordre-là et à vrai dire, je n'ai aucune envie que ce soit le cas.

À la base, j'étais sorti courir un peu pour essayer de me changer les idées, essayer de prendre une décision. Et il a fallu que je tombe sur elle. Tu parles d'une chance ! Malgré ses traits tirés, son visage grave, elle est vraiment jolie. Elle ressemble un peu à Sasha, je crois. Elle n'a pas sa blondeur, mais elle a quelque chose qui me rappelle la photo envoyée par Casey. Étrange que je m'en souvienne aussi bien.

Une vague de colère me submerge à l'instant où je me remémore mon meilleur ami. Depuis trois mois, je me repasse les événements en boucle dans ma tête et chaque fois, je me dis que si j'avais été là ou encore mieux, s'il n'avait pas eu le béguin pour cette… fille, Sasha, Casey serait encore là. Et à l'heure qu'il est, je serais en train de déconner avec lui plutôt que de rester figé devant une inconnue qui semble chercher son chemin.

Je ricane intérieurement ; ce n'est pas sur moi qu'elle va pouvoir compter. Qu'elle se démerde ! Je sors enfin de ma contemplation et reprend ma course dans la direction opposée.

Au bout d'une heure, je rentre chez moi les muscles douloureux à force de les avoir sollicités, prends une douche et me prépare à repartir J'évite le plus possible de rester à la maison en m'abrutissant de travail chez Di Marco. Le boss est plutôt content, j'abats à moi tout seul le travail de trois collaborateurs. Depuis le décès de Casey, j'accepte toutes les commandes quelles qu'elles soient, ça m'évite de trop penser. Je passe beaucoup de temps à l'agence et il m'est même arrivé de m'y endormir les premières semaines qui ont suivi l'enterrement. L'idée de revenir dans cette grande maison silencieuse dans laquelle mon meilleur pote et moi avions habité me faisait horreur.

J'aime cette baraque, mais devoir tirer un trait sur des habitudes au long cours : ne plus entendre le plancher craquer au-dessus de ma tête au moindre pas de Casey   qui n'était pas de la plus grande discrétion ; ne plus monter à l'étage pour faire un marathon de jeu vidéo, ou débattre sur la ligue NFL, et rire grassement en entendant ses dernières histoires avec les gonzesses… tout cela me manque et ça fait mal. J'ai même arrêté d'aller rendre visite à ses parents, leur chagrin est vraiment trop dur à encaisser. Je les apprécie beaucoup, mais je me sens comme un con avec mes « j'ai perdu mon meilleur ami », alors qu'eux, c'est leur *fils* qui est parti. En vérité, je ne sais pas par quel bout les prendre ni comment les réconforter, alors j'ai pensé que si je n'y allais plus, ce serait plus facile pour eux. Plus simple pour moi.

Prêt à partir pour le bureau, et soudainement assoiffé, je fais un crochet par la cuisine.

J'ouvre le frigo, puis bois du jus d'orange à même la bouteille. On s'en fout, il n'y a personne pour me dire que « je suis un gros porc » , que « ça ne se fait pas » ou bien « t'a une idée de combien de microbes sont contenus dans une seule goutte de salive ? ». Casey n'est plus là pour me faire la leçon... Il me faisait rire avec ses grandes théories sur l'hygiène alors qu'il se trouvait être un sacré queutard presque incapable de se souvenir dans quel vagin il avait fourré sa bite la semaine précédente !

Je referme violemment la porte du réfrigérateur et prends sur moi pour ne pas tout balancer dans la cuisine. C'est ce qui arrive à chaque fois que je pense à mon ami.

Ces derniers temps, j'évite de trop me laisser aller : ça m'a déjà valu de racheter un nouveau frigo le mois dernier ainsi qu'une remarque inquiète de ma mère, venue me rendre visite quelques jours avec mon beau-père, juste avant qu'ils ne repartent pour la Floride. Depuis que je vis seul, elle m'appelle très souvent – au début tous les jours, jusqu'à ce que j'y mette gentiment le holà en lui jurant que j'étais un grand garçon, que je mangeais à ma faim tous les jours et que oui, je suis sûr de prendre soin de moi correctement.

Je peste contre moi-même, j'en ai plus qu'assez d'être constamment sur les nerfs. Mais je sais d'où vient la tension d'aujourd'hui : c'est la faute de cette fille croisée dans Castro. Il faut que j'oublie ça, il faut que je l'oublie, *elle*. Je ne craquerai pas encore une fois. Je ne veux plus me sentir aussi mal qu'il y a encore quelques semaines.

Un peu plus tard au bureau, je prends la décision la plus difficile que j'ai eue à prendre jusqu'à maintenant. Ma douche eu le mérite de me faire réfléchir et il est désormais clair que je dois passer à autre chose. Casey n'aurait pas apprécié que je me laisse aller ainsi. Jusqu'alors, j'avais envisagé de déménager et de me trouver une autre location ou carrément acheter quelque chose, mais j'aime trop cet endroit ; j'y ai mes marques et aucune envie de tourner le dos aux bons souvenirs. Simplement, si au départ je refusais de voir quiconque poser ses valises dans notre territoire, j'ai depuis mis de l'eau dans mon vin en envisageant l'éventualité de proposer mon rez de jardin à la colocation – personne ne s'installera chez Casey à part moi.

Bien sûr, entre l'idée et la mise en œuvre, il s'est passé du temps. Il fallait d'abord que j'accepte ce nouvel état de fait. J'avoue que voir la sœur de Sasha un peu plus tôt dans la journée a un peu accéléré le processus. Mon coup de stress qui a failli coûter la vie à mon frigo neuf aussi. Et puis bon, même si j'ai un bon salaire, je gagnerai à ne payer qu'une moitié de loyer. Alors oui, il est temps de déposer une annonce, de toute façon il se passera du temps avant que quelqu'un y réponde et qui sait, je tomberai peut-être sur un mec cool.

Je passe donc l'heure suivante à rédiger une annonce, il faudra que je prévoie de prendre des photos afin de tout poster sur le site. Puis, lorsque j'ai fini, je quitte mon bureau et prends ma voiture afin de faire ce que je fais tous les jours depuis trois mois.

En chemin, je file acheter un bouquet chez le fleuriste où j'ai mes habitudes. Depuis le temps, il sait à quelle heure j'arrive – 16 h, même lorsque je travaille – et à chaque fois, il me tend un bouquet de sa composition, puisque je ne sais absolument pas quelles fleurs aimait la petite amie de Casey.

Au cimetière, je m'arrête toujours en premier sur sa tombe à elle avant d'aller parler à Casey. Je ne dis pas un mot, mais je dépose le bouquet. Je le fais parce que quelqu'un doit s'occuper d'elle, puisque les siens sont à des milliers de kilomètres. En arrivant à sa sépulture, je me demande si je dois continuer à agir comme ça. Après tout, sa sœur est à San Francisco. Et si ce n'est pas pour Sasha, pourquoi serait-elle revenue ? Et moi, pourquoi est-ce que je me pose autant de questions ?

Je hausse les épaules, après tout cela ne me regarde pas. C'est vrai quoi : si cette fille se contrefout d'être auprès de sa sœur ou pas, ce n'est pas mon problème. Pourtant je ne peux m'empêcher de sourire à la pensée que Sasha n'est plus seule. On ne devrait pas mourir et être oublié de tous, surtout des siens. C'est triste.

Je vais ensuite vers l'allée où repose mon ami. Comme d'habitude, j'y passe environ une demi-heure, lui parlant tour à tour silencieusement ou à haute voix. Il m'arrive même de rire aux conneries que je raconte – de vieux souvenirs la plupart du temps – et j'imagine que Casey se marre avec moi. C'est fou, n'est-ce pas ? Aujourd'hui, je lui parle de cette rencontre avec la sœur de sa dulcinée et ma décision de trouver un nouveau colocataire. Je lui dis aussi combien il me manque et que son absence est douloureuse. Et puis, sans trop savoir pourquoi, je tourne la tête en direction de l'allée de Sasha et… je l'aperçois, *elle*.

Elle marque un temps d'arrêt devant la sépulture de sa

sœur, puis dépose des fleurs. À sa posture, tête baissée, immobile, j'ai l'impression qu'elle a une conversation avec sa chère disparue – elle aussi. Puis sa main remonte vers son visage qu'elle essuie. Elle pleure, j'en suis certain, et putain… je ne sais pas pourquoi cela me provoque un pincement au cœur. Je ne comprends pas ce qui m'arrive : ce matin, je ne rêvais que de l'expédier loin de mon quartier juste par la simple force de ma pensée mais là, quoique je fasse, je ne peux la quitter des yeux. Je l'observe poser une main sur la stèle de Sasha et l'effleurer, je la vois hésiter un instant avant qu'elle tourne les talons et reparte.

Je la suis du regard et remarque plus bas un taxi à l'entrée du cimetière. Mû par je ne sais quel instinct, je cours jusqu'à ma voiture avec une seule idée en tête – et complètement irrationnelle, de surcroît – la suivre jusque chez elle.

A tes souhaits...

-14-

Hunter

9 février 2015

Cela fait quatre jours que je tourne en rond chez moi. Pour tromper l'ennui, j'ai déménagé mes affaires dans l'appartement de Casey, et bien que j'aie décidé d'y établir mes quartiers définitivement, je n'arrive pas encore à y penser autrement que comme l'appart' de Casey.

Aussi spacieux que chez moi, l'endroit se compose d'une cuisine aménagée ouverte sur une grande pièce à vivre, deux chambres, dont une convertie en bureau et une salle de bains avec douche. Contrairement à moi, c'était un mec tout ce qu'il y a de plus ordonné et je n'ai aucun mal à commencer à stocker mes effets personnels dans le bureau. J'étais peu venu ici ces trois derniers mois, dans l'espoir de repousser le plus loin possible ce moment fatidique où il me faudrait ranger ses affaires dans des cartons et les envoyer à ses parents. Il y a deux jours, j'ai donc dû prendre mon courage à deux mains et appeler chez Jenny et Sam. C'est sur lui que je suis tombé.

Passé les premiers instants de gêne, je lui ai annoncé que j'allais faire livrer des cartons appartenant à Casey.

— OK fiston, a-t-il répondu.

Puis le silence est retombé, lourd de non-dits. Enfin, il a poussé un soupir, je pense qu'il était aussi triste que moi. À un moment, j'ai cru entendre Jenny lui dire quelque chose. Mais j'aurais pu tout aussi bien avoir rêvé.

Après une seconde, il a repris d'une voix mal assurée :

— Tu sais que tu es le bienvenu à la maison, Hunter, n'est-ce pas ?

— Oui, je sais…

— On a perdu notre fils… mais on ne voudrait pas te perdre, toi aussi.

J'ai entendu les sanglots qu'il tentait de refouler en me disant cela et Ô, Seigneur ! Je m'en suis voulu de les avoir laissés tomber comme un lâche.

— Oui. Oui, bien sûr… c'est juste que…

Jenny a arraché le téléphone des mains de Sam, du moins c'est ce que j'ai imaginé à ce moment-là, la mère de Casey est tellement impulsive, alors je crois bien que c'est ce qu'elle a fait.

— Prends ton temps, Hunt, tu viendras quand tu seras prêt, mon grand.

— Je… merci, Jenny.

— La porte est grande ouverte pour toi. OK ? m'a-t-elle assuré.

J'ai bien entendu le tremblement dans sa voix, ça m'a rendu malade parce que je savais qu'en ne donnant pas de signe de vie, je leur avais fait du mal. J'ai eu envie de raccrocher au plus vite, afin de ne pas me mettre à pleurer, moi aussi.

— Je… vais devoir vous laisser, j'ai des tas de choses à faire et…

— Tu es occupé, bien sûr… c'est normal, m'a-t-elle dit gentiment. Tu nous manques, mon grand… Sam et moi t'embrassons.

— Moi aussi, ai-je répondu, soulagé que la conversation ne s'éternise pas.

Puis après leur avoir dit au revoir, j'ai raccroché.

Je suis allé m'asseoir après ça, complètement vidé de toute énergie. J'ai arrêté de ranger les affaires de Casey et suis sorti. J'ai poussé jusqu'à la plage, histoire de réfléchir un peu, puis une fois que je me suis calmé, j'ai pris un *Cable car* [3]pour remonter vers chez moi.

Après deux jours passés à trier et ne garder que ce qui représente des souvenirs chers à mes yeux et quelques photos, j'ai fait expédier le reste aux parents de Casey.

---

3 Les *Cable Cars* de San Francisco sont les tramways à traction par câble de la ville américaine de San Francisco, les derniers du monde à être opérationnels en permanence.

A tes souhaits...

Aujourd'hui, n'étant pas tenu de me présenter à l'agence Di Marco, je décide d'aller bosser un peu au Zeke's Café, où j'ai l'habitude de le faire quand j'en ai assez de ma solitude à la maison. Le patron est sympa, le café est bon et la connexion wi-fi pas trop mauvaise.

Ces derniers jours, j'ai l'esprit un peu embrouillé. Quand je ne pense pas à mon meilleur ami, je pense à *elle* et je ne sais pas quoi faire de cela. D'un côté, je veux l'éviter comme la peste et de l'autre, j'en viens presque à guetter les moments où elle passe se recueillir sur la tombe de sa sœur. Ça me rend dingue, j'en ai bien l'impression. C'est carrément ça, ouais : je me fais peur. Sérieusement, depuis quand est-ce que je me suis glissé dans la peau d'un… harceleur ? Suivre une fille jusque devant chez elle est passible de prison, si je ne m'abuse. Toujours est-il que si je me fais choper, je suis bon pour une bonne mise au point avec les flics, une mesure d'éloignement, tout ça… enfin bref, passons. Ça n'arrivera pas. Il faut que j'arrête avec ça. Ou que j'aille lui parler une bonne fois pour toute. Oui, mais pour lui dire quoi ? Non seulement je ne saurais pas par où commencer, mais en plus je n'ai pas la moindre envie de lui adresser la parole.

Perdu dans mes pensées, je sursaute lorsqu'on vient déposer une tasse de café fumant sur la table.

— Dis-moi, Hunter, c'est pas toi qui cherches un colocataire, des fois ? me demande Jackson Zeke, alias J., le propriétaire des lieux avec lequel j'ai sympathisé.

— Si, pourquoi ?

Il m'offre un sourire d'un blanc impeccable et s'empresse de s'asseoir en face de moi.

— Et tu as déjà beaucoup de monde sur le coup ? reprend-il à voix basse.

— Pourquoi tu chuchotes ?

— Parce que je n'ai pas envie que tout le monde sache que je suis sur un bon plan, idiot ! Tu sais que les maisons sont très prisées dans le coin et…

— Attend, ce n'est pas à proprement parler une maison, c'est juste un…

— … Appartement avec jardin commun ! Oui, je sais, m'interrompt-il en levant les yeux au ciel. C'est bon, j'ai lu ton annonce !

— C'est pour toi ?

— Mais non, blondinet ! Pourquoi veux-tu que j'aie besoin d'un toit, alors que je vis au-dessus de ce café ? C'est pour des amis.

— OK. Et ils sont clean, tes potes ?

Il grommelle en prenant un air offusqué :

— C'est quoi cette question ? Tu veux me vexer ou quoi ? C'est vrai que c'est mon genre de te présenter le premier pouilleux venu…

— Excuse-moi, Jackson : je suis un peu à cran en ce moment.

Il hoche la tête en me lançant un regard compréhensif. Il

sait pour Casey. Je connais J. depuis environ deux ans et il n'était pas rare que Casey et moi venions traîner nos guêtres chez lui. J. est un peu spécial, mais c'est un chic type.

— Je n'ai pas eu d'appel pour le moment, alors dis à…

— … Stanley et Brad, m'informe-t-il.

— Dis à Stanley et Brad de me passer un coup de fil pour qu'ils viennent visiter et voient si l'appartement leur convient.

— Super ! Je suis sûr qu'ils vont A. Do. Rer !

Je ris devant son enthousiasme un brin exagéré, mais cette exubérance fait partie du personnage. Ça et ses faux cils.

J'apprécie vraiment J. Et même s'il fait forte impression la première fois, il suffit de passer au-delà de son apparence pour le moins inhabituelle et quelque peu déroutante – un grand noir baraqué genre videur de night-club, coiffé de dreadlocks blondes – on découvre un gros nounours raffiné et adorable.

Il m'offre un sourire reconnaissant et… quelque peu soulagé. Je le regarde, soudainement alerté par ce qu'il ne me dit pas.

— Eh, c'est quoi ton problème, Jackson ?

— C'est super de ta part d'être si ouvert d'esprit, blondinet.

Comme si c'était surprenant ! Ne voyant pas où il veut en venir, je hausse les épaules.

— Je te rappelle que je vis dans Castro, ce serait difficile de ne pas être large d'esprit ! Si tu me disais ce qu'il y a vraiment ?

Sa main vient soudainement recouvrir la mienne, et je ne peux que voir la lueur triste qui traverse ses yeux.

— Je suis content que t'en aies eu assez de rester seul dans cette grande maison, mon chou. Très content.

Son aveu me fait l'effet d'un uppercut. Je ne m'attendais pas à ce qu'on s'inquiète autant pour moi, je pensais avoir su donner le change. Je reste silencieux, de toute façon il n'y a rien à ajouter. En face de moi, Jackson me scrute, cherchant certainement à deviner ce qui se passe dans ma tête, puis il me lance un clin d'œil et se lève pour retourner derrière le bar et engueuler gentiment ses baristas, comme il a coutume de le faire quand il se laisse aller à trop de sentimentalisme.

J. est vraiment un gros dur…

Je ricane doucement en voyant son manège. Il n'empêche que s'il n'avait pas été là ces derniers mois, je crois que j'aurais cédé à l'envie de… bref. C'est fou les conneries qu'on peut faire quand on perd un de ses proches…

Repenser à ces instants douloureux me ramène inexorablement à *elle*. Je ne peux m'empêcher de songer au fait qu'elle est seule, ici. Du moins, c'est le constat que j'ai pu faire en voyant que, trois jours de suite, elle n'était pas accompagnée au cimetière. Ce doit être sacrément dur de pleurer sa sœur et de n'avoir personne vers qui se tourner…

Pris d'une soudaine impulsion, je remballe mes affaires et

laisse sur la table de quoi payer mes consommations. Après avoir déposé rapidement mon chargement chez moi et prit le mot que j'avais eu tant de mal à écrire la veille après avoir vu la sœur de Sasha si triste au cimetière, je décide d'aller le lui déposer dans sa boîte aux lettres.

J'y vais à pied, le quartier où elle vit n'est pas très loin du mien, de toute façon, un peu de marche me laissera le temps de réfléchir à ce que je pourrais bien lui dire, si finalement je décidais de sonner chez elle et qu'elle m'ouvrait.

Mais ce n'est peut-être pas une idée lumineuse. Elle va certainement me prendre pour un déséquilibré. Et même si je me contente de lui présenter mes condoléances, elle ne me connaît pas. Elle pourrait tout aussi bien être tentée d'appeler les flics, à sa place j'imagine que c'est ce que je ferais.

Ces tergiversations m'amènent devant chez elle plus vite que je ne m'y attendais, mais maintenant que j'y suis, j'hésite. Peut-être que je devrais faire demi-tour et partir sans même lui laisser une trace de mon passage. Après tout rien ne m'y oblige. Je ne devrais même pas m'inquiéter autant pour elle : je ne sais rien d'elle, à part qu'elle est la sœur de Sasha, dont Casey est tombé amoureux. Et si elle n'avait pas été là… je…

Mais c'est plus facile que de se dire que « c'était l'horreur », « c'était un coup du destin ». Parfois, on se raccroche à ce qu'on peut pour éviter de s'immerger dans la tristesse, même si au final, on se trompe et qu'au bout du compte, ça ne changera rien. Et j'ai beau me dire qu'elle n'y est pour rien, je ne veux rien avoir à faire avec cette fille. Pourtant, une fois sur le perron de sa maison, je me baisse pour déposer mon mot sous le paillasson, ainsi il ne s'envolera pas, mais il sera assez visible pour qu'elle puisse le remarquer direct.

J'entends des pas derrière moi et le bruit d'une respiration saccadée. Intérieurement, je me prépare à la confrontation et me redresse lentement.

— Eh, vous ! Je veux savoir ce que vous faites là ?

A tes souhaits...

-15-

Caleigh

Me voilà officiellement propriétaire de la maison et de tout ce qui appartenait à Sasha. Après la signature des papiers, je profite de la matinée pour me rendre à Alamo Square prendre quelques clichés des Painted Ladies[4]. Ça n'a rien de très original, mais j'avais envie d'en faire un agrandissement pour l'afficher dans mon bureau. Ces derniers jours, j'ai décidé de poser mon empreinte dans mon nouveau chez-moi. J'ai commandé des meubles tout neufs qui me correspondent plus et changé les rideaux de chaque pièce. Je n'ai juste pas touché à la chambre de ma sœur, c'est encore trop dur pour moi d'y pénétrer. Et puis pour le moment, je veux garder sa

---

4 Maisons américaines de style victorien et édouardien peintes en trois couleurs ou plus afin de rehausser leurs détails architecturaux. Cette expression fut utilisée pour la première fois, concernant les demeures victoriennes de San Francisco, par les écrivains Elizabeth Pomada et Michael Larsen dans leur ouvrage de 1978, *Painted Ladies - San Francisco's Resplendent Victorians*.

pièce intacte, car si je faisais le moindre changement, j'aurais l'impression de la faire disparaître une nouvelle fois. C'est trop tôt.

Lorsque j'arrive à une distance d'environ cinq maisons de la mienne, j'aperçois un homme devant ma porte. De loin, il me semble qu'il est grand, les épaules larges, et qu'il porte ses cheveux attachés. Je plisse les yeux pour le détailler un peu plus et me fige. Seigneur… c'est *lui*, je le reconnais. J'arrête de respirer. C'est le type du cimetière, celui qui a joué les voyeurs le jour de l'enterrement !

Sans plus réfléchir, je cours vers lui, au bord de la tachycardie. Cette fois, je ne le laisserai pas disparaître et il devra répondre à mes questions ! Hors d'haleine, je vole au-dessus des marches plus que je ne les monte et je me demande encore comment il est possible que je ne me sois pas lamentablement vautrée. Je crois que c'est la colère que j'ai envers cet homme, ce… pervers, cet amateur du spectacle d'une famille endeuillée qui m'ôte toute maladresse.

— Eh, vous ! Je peux savoir ce que vous faites là ?

Ma voix claque comme un coup de fouet. Intérieurement, je suis plutôt satisfaite de ma prestation. J'ai l'air forte, sûre de moi… en gros, tout le contraire de l'image que je renvoie : échevelée, la respiration sifflante d'avoir trop couru, écarlate. En bref, j'ai plus l'air d'une femme pitoyable que d'une guerrière ! Mais qu'à cela ne tienne, je viens de me prouver que je suis capable de donner le change.

L'homme se retourne et Oh. Mon. Dieu ! Je crois que

je n'ai jamais rien vu d'aussi beau. Des yeux vert clair, captivants… l'ossature de son visage est juste parfaite, un nez droit, des pommettes hautes, des lèvres que je devine sensuelles et charnues sous sa barbe blonde…

Incapable de m'arrêter, je laisse glisser mon regard sur son corps. De haute stature, il mesure facilement deux têtes de plus que moi. Il est vêtu d'une veste de cuir sous laquelle un T-shirt grège ne laisse aucun doute sur sa musculature puissante et d'un jean qui souligne à merveille des hanches étroites et des cuisses musclées. Si je devais peindre cet homme, je le ferais en lui donnant l'apparence d'un dieu nordique, fier et sauvage.

Je rougis soudain en prenant conscience que depuis quelques secondes, je n'ai cessé de le dévorer du regard… alors que j'ai toutes les raisons du monde de me méfier de lui. Reportant alors mon attention sur son visage, je découvre qu'il m'observe d'un air narquois. Non, mais, pour qui se prend-t-il ? Thor, peut-être ? Putain, mais c'est quoi, ces pensées ? Baver comme ça devant ce type mériterait que je me colle des baffes ! Du coup, parce qu'il me reste des vestiges d'amour-propre, je le fusille du regard. Il y répond par un haussement de sourcils qui en dit long sur ce qu'il pense. Visiblement, la situation a l'air de beaucoup l'amuser.

Vexée, je me baisse pour récupérer ce qu'il a glissé sous le paillasson, sans pour autant le quitter des yeux. Qu'il ne fasse pas l'innocent, je l'ai vu faire ; d'autre part, il aurait fallu être aveugle pour ne rien remarquer. C'est une enveloppe blanche, toute simple. Il n'a même pas pris soin de la cacheter.

Je le regarde, méfiante.

— C'est quoi ?

Comme il reste muet, j'ouvre l'enveloppe et en sort un bristol sur lequel sont écrit quelques mots : « Désolé pour votre sœur. Condoléances. M. H. »

Vraiment ?

Je suis muette de stupeur. Je rive à nouveau les yeux vers lui et lui lance un regard noir.

— C'est une blague ? Dites-moi que vous n'êtes pas sérieux !

Je crie presque alors que je déteste me donner en spectacle, mais ce mec a dépassé les bornes. Et d'abord, comment m'a-t-il retrouvée ? Est-ce qu'il retire un quelconque plaisir pervers dans le fait de tourmenter les gens ? D'abord au cimetière, maintenant devant ma porte ? Merde, je ne le connais même pas, que me veut-il ?

Je farfouille dans mon manteau à la recherche de mon téléphone portable et le sors pour qu'il comprenne que je suis prête à appeler la police. Une nouvelle fois, je m'adresse à lui d'une voix dénuée de toute trace d'amabilité.

— Vous êtes qui ? Vous voulez quoi ?

— Je suis…j'étais le meilleur ami de Casey.

— Casey… ? Je ne connais pas de Casey !

— Le petit ami de votre sœur. Ça vous revient maintenant ?

J'étouffe un cri de surprise et lâche tout ce que j'ai dans

les mains. Mon smartphone touche le perron avec un bruit mat, mais sur le moment cela m'importe peu. Tout à coup, je me sens horriblement honteuse car maintenant je sais de qui il veut parler. Dire que j'ai presque agressé cet homme en lui criant dessus… En même temps, on ne peut pas dire qu'il ait fait le moindre effort pour se montrer agréable. Mais ce n'est rien en comparaison de la culpabilité que je ressens : à aucun moment, je n'ai eu la moindre pensée pour Casey, alors que mes parents et moi avions été informés du fait que ma sœur et lui avaient péri ensemble. J'étais au courant, mais je n'ai eu aucun geste envers sa famille … je suis un monstre d'égoïsme.

Les larmes me montent aux yeux tandis que je me demande quoi faire ou quoi dire. Mais, est-ce que ce n'est pas trop tard ? Il s'est passé des mois depuis… j'aurais l'air de quoi, avec mes mots de réconfort ? Je cherche le regard de cet homme qui, lui, a pris le temps de venir vers moi. Il n'y était pas obligé et pourtant il l'a fait. Cependant, tout ce que je trouve dans ses yeux c'est un mélange de colère et d'agacement qui me fait me sentir toute petite et minable.

— Je suis désolée, Monsieur. Je ne voulais pas… je ne savais pas…

— Oh, mais ne le soyez pas, Mlle la sœur de Sasha.

— Caleigh…

Dangereusement livide, il m'observe durant d'interminables secondes, les lèvres pincées en une ligne mince, puis il explose :

— Je me fous de votre prénom ! Et si j'avais pu, j'aurais préféré ne pas connaître celui de votre sœur. C'est sa faute, si je suis sur le pas de votre porte aujourd'hui.

Son ton est cassant et le regard qu'il me jette, dur et implacable. Je recule d'un pas, soudainement apeurée par tant d'animosité. J'ai peur de comprendre ce qu'il est sur le point de dire.

— Que… que voulez-vous dire ?

— Ne faites pas l'idiote, vous savez très bien où je veux en venir.

Je secoue la tête avec force, refusant de croire qu'il puisse être sérieux. Il me fait juste peur, je veux qu'il parte ! Comme s'il avait entendu mes pensées, il s'approche de moi jusqu'à ce que nos corps se touchent presque. J'arrête de respirer.

— Si votre sœur n'avait pas existé, Casey n'en serait pas tombé amoureux et il serait encore là, profère-t-il d'une voix si sourde que je pourrais croire à un grognement.

Je reste figée, les yeux écarquillés, incapable de dire un mot. Ces paroles tournent en boucle dans ma tête, presque haineuses et… est-ce qu'il croit sérieusement à ce qu'il dit ? J'ai du mal à comprendre comment on peut se montrer à ce point abject avec les gens ! Ce type est… ce type est… *mais quel sale con !*

Je réagis enfin et le repousse de toutes mes forces. Bien sûr, il chancelle à peine et me toise froidement durant ce qui me semble être une éternité. Au bout d'un siècle et demi, il recule enfin, un sourire mauvais sur les lèvres. C'en est trop !

Je relève la tête et rejette fièrement mes épaules en arrière, me redressant du haut de mon petit mètre soixante afin de montrer qu'il ne m'impressionne absolument pas et je laisse libre cours à ma colère. Ce type est dingue, il faut qu'il aille consulter.

— Non, mais, qu'est-ce qui ne tourne pas rond chez vous ? Ça ne va pas bien d'agresser les gens comme ça ?

Je m'attends à ce qu'il rétorque quelque chose, mais monsieur M.H. hausse les épaules et tourne les talons, certainement satisfait de m'avoir jeté sa bombe en pleine face. S'il croit que je vais me laisser marcher dessus sans rien dire, c'est mal me connaître.

— C'est ça, filez comme le lâche que vous êtes, tout juste bon à rejeter la faute sur les morts. Mais après tout, c'est plus facile, hein, puisqu'ils ne sont plus là pour se défendre !

Il se fige sur la dernière marche des escaliers.

Pendant un instant, j'ai l'impression qu'il va faire demi-tour et revenir se jeter sur moi juste pour le plaisir de me balancer d'autres méchancetés. Pourtant, il n'en fait rien et après quelques secondes, il reprend sa descente et s'en va sans même me jeter un regard. Je le suis des yeux pendant un long moment, essayant de comprendre ce qui vient de se passer. Lorsqu'enfin il tourne au coin de la rue, je ramasse mes clés, mon téléphone et le message qu'il était venu me déposer. J'hésite un instant, puis le froisse avec rage. L'instant d'après, je me sens un tout petit peu mieux – les vertus de la destruction.

Je rentre chez moi, complètement bouleversée et sur une impulsion, ferme le verrou à double tour, histoire de me sentir un petit peu plus en sécurité. J'imagine qu'il est normal de ne pas être sereine après avoir eu affaire à un tel tordu. Quel culot de reprocher à ma sœur la disparition de son ami !

Maintenant que j'y pense, il y a quelque chose qui cloche. Peut-être devrais-je en parler à quelqu'un, à la police peut-être, car j'aimerais bien qu'on m'explique comment cet homme – ce sale type, plutôt – a pu savoir que j'étais à San Francisco et comment il a pu trouver mon adresse. Pourtant, il avait l'air si… normal ? Comme quoi, il ne faut pas se fier aux apparences, ce n'est pas parce qu'on a un physique plutôt avantageux qu'on n'est pas un psychopathe. Quoiqu'il en soit, j'avais déjà du mal à m'ouvrir aux autres et ce n'est pas avec l'attitude de ce connard que je vais avoir envie d'aller vers les gens. Merci Monsieur « M.H. ».

Je ricane en m'apercevant que je ne sais même pas comment il s'appelle. *Pour ce que ça m'intéresse…*

-16-

Hunter

Je n'ai pas été sympa avec cette fille – Caleigh, puisque c'est comme ça qu'elle s'appelle – on peut même dire que j'ai été un vrai connard. C'est plutôt joli comme prénom, même si comme je le lui ai dit, je n'avais aucune envie de le savoir. Sauf que maintenant que je le connais, je ne peux pas l'oublier. C'est bien pour cela que j'aurais voulu qu'elle se taise. Maintenant, elle n'est plus seulement une inconnue, je suis forcé de me soucier d'elle.

Putain ! Comme si j'avais besoin de m'inquiéter de ses sentiments !

J'arrive chez moi avec un sentiment de culpabilité qui ne me lâche pas. Je pense à ce que je lui ai dit et, pire que tout, *je pense à elle*. D'accord, ce n'est pas nouveau : son image est ancrée dans ma tête depuis le jour où je l'ai vue dans mon quartier. Il faut dire que c'est le genre de femme difficile à oublier, tant elle est jolie. Mais là cela dépasse tout, cela tourne limite à l'obsession. Aller chez elle était vraiment une mauvaise idée et m'approcher si près d'elle plus encore. Maintenant, je suis capable de me remémorer la moindre tache de rousseur sur son petit nez, la couleur de ses cheveux – différentes nuances de miel. Ses yeux gris qui tournent au ciel d'orage lorsqu'elle est furieuse, sa bouche aux lèvres roses si tentatrices. Je sais aussi qu'elle est forte, plus que sa taille le laisse supposer. Et lorsque je me suis approché d'elle au point que nos corps se sont presque touchés, j'ai été surpris par son tempérament qui affleurait.

Elle aurait dû être impressionnée, elle aurait dû reculer devant moi puisque j'avais fait exprès de me montrer menaçant pour qu'elle comprenne que je ne voulais rien d'elle, encore moins ses excuses pour la mort de mon meilleur ami. Sauf qu'au lieu de s'enfuir, elle m'a repoussé. J'ai été tellement pris de court que j'ai failli en rire. Tant de courage dans une si petite personne, pour le coup c'était moi qui étais sur le cul. Elle a tourné la situation à son avantage et a réussi à me déstabiliser.

Il y a autre chose qui m'agace, une autre chose à laquelle je ne m'attendais pas. En vérité, être aussi proche d'elle m'a donné l'envie impérieuse de l'attraper et de me laisser envelopper par cette légère odeur d'agrumes que j'avais senti émaner d'elle. Ses cheveux certainement. *J'ai eu envie de les sentir.* J'ai eu envie de l'embrasser pour voir si sa bouche avait elle aussi un goût d'orange. Puis l'instant d'après, c'est la colère qui a pris le dessus, j'étais furieux. Alors je lui ai dit des saloperies, histoire de me sentir moins coupable de ressentir quelque chose pour la sœur de la fille qui a causé la mort de mon meilleur ami.

Je ne me sens pas mieux maintenant, au contraire. La lueur de tristesse dans ses yeux m'a pris aux tripes. Sérieusement, ça m'a tellement retourné que j'ai l'impression d'être le dernier des salauds. Et j'ai beau essayer de penser à autre chose, je me repasse en boucle le moment où je lui sors des horreurs. Ça ne me ressemble pas, ce genre d'agissements, ce n'est pas moi. Pour ma peine, je vais devoir vivre avec le souvenir de Caleigh luttant contre les larmes. Et cela risque de me hanter encore longtemps.

Trois jours plus tard, je tente toujours de me convaincre que je n'ai pas été aussi abject que ça. Je n'arrête pas de me dire qu'il faudrait que j'aille m'excuser auprès de Caleigh, mais ma fierté m'en empêche. Je sais que mon attitude a de quoi remporter l'Oscar du plus grand connard de la terre, mais voilà, j'ai un paquet d'orgueil et je ne m'abaisserai pas à implorer son pardon. Je ne l'ai jamais fait avec qui que ce soit, ce n'est pas maintenant que je vais commencer. *Pour ce que ça va m'avancer…*

On sonne à la porte, certainement les gars dont J. m'a parlé. Ils m'ont envoyé un texto le soir de ma virée devant chez Caleigh pour savoir si j'étais disposé à leur faire visiter mon appartement aujourd'hui. J'avoue avoir trouvé leur prise de contact quelque peu farfelue : généralement, on parle avec les gens d'abord. Mais bon, je ne suis pas à une bizarrerie près, j'habite bien dans un quartier où une paire de jambes en bas résilles sort d'une fenêtre, je suppose que je ne dois pas m'offusquer d'une prise de rendez-vous par SMS. Et puis, Jackson leur fait confiance…

J'ouvre ma porte sur deux hommes, sensiblement du même âge que moi. L'un est brun, assez grand et bien charpenté, il porte des cheveux mi-longs et qui encadrent un visage juvénile, presque poupin, aux yeux bleus, vifs et pétillants. L'autre est plus dégingandé. Châtain très clair, les cheveux coupés ras, il porte de petites lunettes qui lui donnent un air timide et intello.

— C'est toi, Hunter ? me demande ce dernier avec un grand sourire qui vient démentir l'image que je me faisais de lui.

— Euh, ouais.

— Je suis Stanley, lui c'est Brad, m'apprend-il en me désignant son compagnon du doigt.

Puis il entre sans plus de cérémonie, suivi de près par son copain qui n'a visiblement pas envie d'ouvrir la bouche.

— Fais pas attention à lui, il boude, m'explique Stanley comme s'il avait lu dans mes pensées.

— N'importe quoi ! rétorque l'autre en le fusillant du regard.

Maddie D.

OK. Le ton est donné.

Je referme la porte en me demandant ce qui va m'arriver.

Pendant l'heure suivante, je leur fais un topo sur ce que j'attends d'une colocation. De toute façon, à part la buanderie, le garage et le jardinet que nous serons amenés à partager, si toutefois l'endroit leur plaît, nous ne nous croiserons que si nous le voulons.

Brad et Stanley parlent ensuite d'eux – enfin surtout Stanley, son compagnon restant obstinément silencieux. Originaire d'une toute petite ville perdue au fin fond de l'Ohio, ils se sont rencontrés sur les bancs de la fac. Tous deux titulaires d'un MBA en gestion d'entreprise, ils sont venus tenter leur chance à San Francisco. Après deux ans à passer d'un job à l'autre, ils viennent tout juste de racheter la librairie du vieux Jones sur Market Street.

Nous abordons enfin la question du loyer et des charges incombant à chacun. Apparemment, tout ce que je viens de leur dire semble leur convenir puisqu'ils hochent la tête d'un air satisfait. J'en déduis donc sans trop m'avancer qu'ils vont signer le bail. J'avoue en être assez content : Brad et Stanley me semblent honnêtes, bosseurs et absolument pas du genre à chercher les embrouilles. Tout à fait le genre de personnes que j'espérais voir emménager ici car, même si j'avais besoin de rompre la solitude dans laquelle je me suis enfermé ces derniers temps, je n'étais pas prêt à accepter n'importe qui.

— T'as rien contre les pédés ?

Je manque m'étrangler en entendant la question de Brad. Jusqu'ici, il n'avait rien dit et pour le coup, je suis pas déçu du voyage. Mal à l'aise, il me faut quelques secondes pour retrouver mon aplomb et je dois dire que les regards scrutateurs de mes « invités » ne m'y aident pas beaucoup.

— Euh… non, je n'ai rien contre les membres de la communauté LGBT et tutti quanti.

Brad éclate de rire.

— Les membres de la communauté… sérieux, Hunter ? C'est quoi, ce discours politiquement correct ? T'as appris par cœur la signification de chaque lettre de l'acronyme présent sur le dépliant distribué à l'office du tourisme du quartier ?

— Euh…

Je ne peux m'empêcher de me demander ce qu'il attend de moi.

— Arrête de l'embêter, Brad, me défend son compagnon. Il est tout secoué maintenant, le pauvre. Ce que tu peux être chiant à vouloir jouer la provoc !

— Stan, il faut qu'on sache s'il est aussi ouvert d'esprit qui le dit. Rappelle-toi, chez nous, lorsqu'on a dû courir comme des lapins après que nos soi-disant amis nous ont surpris en train de nous embrasser.

— Je suis d'accord avec toi, mais là tu fais fort !

Je toussote, histoire de leur rappeler ma présence.

— Ça va, les mecs. Je suis venu habiter ici en toute connaissance de cause, si j'avais eu un quelconque problème avec les gays, je n'aurais même jamais mis un pied dans Castro. Et si on va par-là, je peux aussi vous rappeler qui nous a mis en relation ?

— Ouais, c'est vrai, admet Brad avec un sourire gêné.

Aussitôt, Stanley lui envoie un regard tellement lourd que j'entends presque son « je te l'avais bien dit ».

— Désolé, c'est juste qu'il veut être sûr que tu ne vas pas regretter de nous avoir ouvert la porte d'ici un jour ou deux et tout faire pour nous jeter dehors, s'excuse ce dernier.

— Du moment que vous n'êtes pas recherchés pour trafic de drogue, je ne vois aucun problème à ce que vous emménagiez dans l'heure. Vous me semblez être deux gars bien et…

— Tu vois ? Qu'est-ce que je t'avais dit ? m'interrompt Brad. Un mec qui aime les chats ne peut être que quelqu'un de bien !

Je m'esclaffe face à cette analogie pour le moins bancale. Quant à la mauvaise foi de Brad, elle se passe de tout commentaire. Alors que trente secondes plus tôt il était en train de me tester, le voilà qui fait le coup du « je le savais ». Non, décidément, je ne vais pas m'ennuyer avec eux ! Brusquement, je percute.

— Euh… Je peux savoir de quel chat on est en train de parler ?

— Ben, *ton* chat ? Noir et blanc, poils longs, quatre pattes…miaou-miaou… ? Dans la chambre ? C'est pas ton chat ?

Je me lève et me précipite à l'endroit indiqué. Effectivement, il y a bien un greffier roulé en boule au pied du lit. La fenêtre que j'avais laissée ouverte pour aérer la pièce explique comment l'animal a pu pénétrer ici. Et vu que je ne suis pas entré dans cette pièce durant la visite, pour laisser le loisir à Brad et Stan de se faire eux-mêmes une idée de la façon dont ils voulaient agencer chaque pièce, je n'avais pas pu le remarquer. Ni une ni deux, j'entre dans la pièce en faisant le plus de bruit possible pour faire déguerpir l'animal.

— Allez ouste, le chat !

Celui-ci ouvre un œil, me fixe trois secondes puis fait mine de se rendormir.

Stanley s'esclaffe :

— Cherche pas, Hunter, Il s'est installé !

— Qu'il s'installe où il veut, mais pas chez moi ! Je. Ne. Veux. Pas. De. Chat.

Brad s'assoit sur le lit et caresse l'animal tout en me regardant d'un air outré.

— Espèce de sans-cœur ! Tu ne peux pas mettre ce chat dehors !

— Si, je peux !

— Criminel ! C'est très, très mal d'agir comme ça ! Et puis regarde, dit-il en me montrant les pattes de l'animal, ses coussinets sont relativement propres et pas fendillés. Ce qui signifie qu'il n'a pas l'habitude d'être dehors.

— Et qu'est-ce que tu veux que ça me fasse ?

— Pense à la personne morte d'inquiétude certainement partie à la recherche de son animal de compagnie dans toute la ville ! Tu ne peux pas le remettre dehors, Dieu sait ce qui pourrait arriver à ce pauvre bébé. De plus, laisse-moi te rappeler qu'ici c'est chez moi ou du moins ce sera le cas dans cinq minutes. Alors si je dis que ce chat reste, il reste !

Je lève les yeux au ciel, atterré par le grand dadais rendu gaga par une bestiole pleine de poils. Ça prête à sourire, quand même. Eh merde, je suis sur le point de me faire embobiner…

— Vous voulez garder ce… truc en attendant qu'on trouve à qui il appartient ? Très bien, vous signez le bail maintenant et vous emménagez dans l'heure. Je ne veux rien avoir à faire avec ce greffier, c'est à vous de vous en charger. OK ?

Brad et Stanley m'offrent des sourires tout sauf innocents, apparemment satisfaits d'avoir réussi à me forcer la main. S'ils s'y mettent à deux, maintenant…

— Chou, reprend Brad, sur un ton joyeux, tu veux bien décharger la voiture et trouver de quoi manger à ce petit amour ?

Il adresse un clin d'œil complice à son compagnon qui obtempère dans la seconde, en sifflotant gaiement.

A tes souhaits...

Je pars chercher les papiers du bail en ronchonnant tout le long du couloir m'amenant de la chambre au salon où j'ai laissé les documents. Je ne sais pas pourquoi, j'ai l'impression que ces deux-là vont m'en faire voir de toutes les couleurs. Malgré tout, je ne peux m'empêcher de sourire en remerciant intérieurement Jackson. Je suis sûr qu'il savait parfaitement ce qu'il faisait en m'envoyant Brad et Stanley.

-17-

Caleigh

21 Février 2015

Je commence à regretter d'être venue vivre ici. Quand j'y pense, absolument tout en ce moment tourne à la catastrophe. D'abord ma dispute avec l'autre sale type et ses propos injustifiés, puis les livreurs venus m'apporter mes meubles, aussi aimables que des portes de prison. Pire que tout, alors que je leur avais demandé de la fermer, ils ont laissé la porte ouverte. Résultat : Monsieur Moustache a disparu.

Voilà une semaine que je passe les alentours au crible. En désespoir de cause, j'ai fini par placarder des affichettes mentionnant un avis de recherche hier soir. Bien sûr, dès que j'ai constaté que mon chat était introuvable, j'ai au préalable donné l'alerte sur Internet et fait passer le message chez le vétérinaire. Mais pour le moment, ça n'a rien donné. Quelle galère !

Dire que je suis inquiète est bien loin du compte, mon chat n'est jamais sorti jusqu'à maintenant et nous sommes nouveaux dans le coin. Monsieur Moustache n'a donc aucun repère et Dieu sait ce qui pourrait lui arriver. Et puis il est tout ce que j'ai...

Je sais que ça peut paraître ridicule, mais sans lui, je me sens si seule ! Ses câlins me manquent, comme sa petite patte qu'il pose délicatement sur mon bras pour me réclamer quelque chose, sa tête penchée légèrement sur le côté lorsque je lui parle, me donnant l'impression qu'il me comprend... ses ronrons qui me bercent lorsque je vais me coucher... Ce matin, en me réveillant je n'ai pas pu empêcher ce réflexe de regarder au pied de mon lit, là où d'habitude, il se roule en boule...

Je sais que je suis pathétique, j'ai l'air d'une vieille fille accro à son chat, mais Monsieur Moustache est spécial à mes yeux. Je me rappelle le jour où ma sœur me l'a offert, c'était juste avant son départ pour la Californie... Cette petite boule de poils un rien handicapée m'a plu tout de suite et je crois que c'était justement parce qu'il n'était pas parfait.

Le savoir dehors m'angoisse horriblement, j'ai envie de pleurer à longueur de temps et déjà que je suis pas mal émotive depuis trois mois, depuis qu'il s'est enfui, je suis au bord de la dépression. Alors je prie pour que quelqu'un ait recueilli mon chat et qu'en voyant les affiches, il m'appellera. Peut-être que la mention « récompense offerte » aidera.

N'étant pas du genre patiente, je tourne en rond dans la maison, change les meubles de place au moins trois fois sans pour autant en éprouver une quelconque satisfaction. J'en viens même à regretter de les avoir commandés et d'avoir laissé partir ceux de ma sœur avec les livreurs, du moins ceux que je n'ai pas fait stocker dans le garage où je n'ai toujours pas mis les pieds depuis mon arrivée.

Encore une idée lumineuse, tout ça : si je n'avais pas commandé les meubles, pas de livreurs, pas de porte ouverte... bref, conséquence directe : mon chat a disparu. Comme quoi, la solitude, ce n'est pas si mal.

Quoi qu'il en soit, la raison pour laquelle je suis cloîtrée chez moi est surtout motivée par une sorte de crainte superstitieuse. Et si quelqu'un venait se présenter chez moi pour me le ramener justement pendant que je ne suis pas là ? Du coup, tenter une sortie histoire de m'oxygéner un peu n'est pas une option envisageable, et je repousse jusqu'à l'idée même de rendre visite à ma sœur. Alors, je reste là, assise sur le canapé gris et blanc – même pas confortable tant l'assise est raide comme une planche – bondissant au moindre bruit pour ouvrir la porte, scrutant tellement l'écran de mon téléphone posé sur la table basse que j'en ai les larmes aux yeux. On ne sait jamais, peut-être qu'à force de prières en tous genres, il finira par sonner ?

Vers 16 h, il le fait enfin. Je me précipite dessus sans attendre. Jamais de ma vie je n'ai décroché aussi vite.

— Allô ?

— C'est vous qui cherchez un chat ? me demande une voix féminine, pas très amicale.

À cet instant, allez savoir pourquoi, j'ai un mauvais pressentiment. Mon cœur se met à battre de manière désordonnée tandis que je me prépare à recevoir une nouvelle douloureuse. Je finis quand même par lui répondre d'une voix pleine d'appréhension.

— Oui… c'est bien moi. Vous l'avez… ?

— Nan, mais vous devriez vous rencarder auprès des bouchers dans Chinatown. Sûr qu'ils l'ont déjà fait passer pour je ne sais quelle viande exotique… remarquez, si on leur coupe la tête, le chat et le lapin c'est kif-kif, hein ! débite-t-elle froidement juste avant d'éclater d'un rire gras.

De mon côté, j'avoue avoir l'estomac complètement retourné et je ne suis pas loin soit de vomir, soit d'exploser de colère. Comment les gens peuvent-ils s'amuser aux dépens des autres ? C'est inhumain !

— Espèce de tarée ! soufflé-je en raccrochant brutalement.

Je m'enfonce à nouveau dans mon canapé, enfin « enfoncer » est un bien grand mot, puisque je me cogne durement contre le dossier. Mais j'ai à peine le temps de me remettre de cette blague de mauvais goût que j'ai un autre appel. Cette fois, j'attends quelques secondes avant de l'accepter.

— Allô ?

— Bonjour Mademoiselle, me dit poliment un homme.

Je pousse un soupir de soulagement. Non seulement il maîtrise les bases de la civilité, mais en plus il m'explique qu'il a trouvé une de mes affichettes pas loin d'Alamo Square et que c'est la raison de son appel. Ô joie ! Cet homme a trouvé Monsieur Moustache, j'en suis sûre !

— Vous avez mon chat ?

— Eh bien… non, je n'ai pas la moindre idée d'où peut se trouver ce minou. En revanche, si vous me dites où vous habitez je me ferai une joie de m'occuper du vôtre.

Je coupe la communication dans un hoquet outré.

L'instant d'après, je fonds en larmes, maudissant de toutes mes forces les livreurs, les pervers et ce M.H d'être aussi cons. En désespoir de cause, je décide de faire une dernière fois le tour du quartier dans l'espoir irraisonné de découvrir Monsieur Moustache recroquevillé quelque part sous une haie ou une voiture, mais bien vivant.

Bien entendu, mes recherches ne donnent rien et je rentre chez moi vers 17 h 30, la nuit est sur le point de tomber et je suis désespérée. C'est sûr, jamais plus je ne reverrai mon chat…

Avec tout le chagrin du monde, je finis par troquer mes vêtements du jour pour un jogging ample et de grosses chaussettes. Ce soir, c'est déprime au programme, je la soignerai avec un pot de glace vanille fleur d'oranger en regardant des programmes débiles à la télé. Au point où j'en suis, je ne vais pas m'inquiéter pour des kilos en trop.

Peu après nous être installées, mon humeur morose et moi, sur le canapé le plus inconfortable de l'univers, la sonnerie de mon téléphone vient nous interrompre en plein dilemme : série sur Netflix ou rediffusion de Pawn Stars[5] ? Personnellement, j'ai mis une option sur le choix numéro un, tandis que mon humeur de chien a une nette préférence pour le deux.

Après avoir jeté un coup d'œil méfiant au numéro inconnu s'affichant sur l'écran du smartphone, je finis par me décider à décrocher. Si c'est encore une mauvaise blague, je jure que mon interlocuteur ne sera pas déçu du voyage, j'en ai assez fait les frais aujourd'hui et s'il y a bien une chose que je déteste, c'est qu'on me dérange quand je suis en pleine déprime.

— Quoi ? aboyé-je.

— Euh… bonsoir…, me salue timidement un homme.

— Vous voulez quoi ?

OK. On a déjà fait plus aimable, mais clairement, je suis agacée. L'homme à l'autre bout de la ligne toussote et semble mal à l'aise. Eh bien, tant mieux !

---

5 Pawn Stars (« Les rois des enchères ») est une émission de téléréalité documentaire américaine diffusée sur History Channel depuis le 19 juillet 2009.

Maddie D.

Le silence s'étend, s'éternise même, et je me demande si je ne vais pas tout simplement raccrocher car après tout, mon interlocuteur semble avoir perdu l'usage de la parole.

— Bien. Si vous ne vous décidez pas à parler dans les trois secondes, je raccroche. Je n'ai pas de temps à perdre avec des petits malins de votre genre.

— Attendez ! Je crois que j'ai votre chat !

Mon cœur manque un battement, mais je me reprends vite. Après les deux appels précédents, ce type va devoir prouver qu'il ne se moque pas de moi.

— Et comment je sais que c'est vrai ? dis-je sèchement.

— Noir et blanc, poils longs…

J'entends une autre personne chuchoter quelque chose.

— Ah oui : il lui manque deux doigts à la patte postérieure droite.

Je retiens à grand-peine un cri de joie, mais ce serait dommage de percer malencontreusement le tympan de mon interlocuteur. À la place, je ferme les yeux et laisse échapper un long soupir de soulagement. C'est bien Monsieur Moustache, d'après le détail sur le petit handicap divulgué par ce bon Samaritain. Bien évidemment, je n'en avais pas fait mention sur les avis de recherche.

— Vous êtes bien sa propriétaire ? s'inquiète-t-il.

Cette fois, je lui réponds avec une voix radoucie, il ne manquerait plus que je lui fasse peur…

— Oui. Oui, c'est bien moi.

— Super ! Ça vous dit de venir le récupérer ce soir ? Je ne vous cache pas que cela soulagerait mon colocataire. Il ne semble pas très à l'aise avec les animaux.

— Oh, je comprends… j'ai le même problème, mais avec les gens.

Puis je ris nerveusement, je ne sais pas pourquoi je lui ai dit ça, d'autant que cela ne me ressemble pas de lâcher ce genre de détails intimes.

— Vous êtes loin de chez moi ? J'habite sur Ashbury Street.

— 61, Castro Street. En fait, nous ne sommes pas loin !

J'acquiesce pour moi-même, en effet on est presque « voisins ».

— Dites… vous avez déjà mangé ?

Oui, un demi pot de glace. C'est mal !

Mais plutôt que de l'avouer, je mens honteusement.

— Non, pas encore : j'allais justement me…

— Vous n'allez rien du tout. Venez donc dîner avec nous, cela nous permettra de faire connaissance et surtout cela évitera que mon compagnon ne me fasse une dépression parce qu'il n'a pas eu assez de temps pour dire au revoir à votre…

— … Monsieur Moustache, lui indiqué-je.

— C'est adorable, Brad, tu as entendu ? Ce petit amour de chat s'appelle Monsieur Moustache !

Je perçois une réponse vague, mais enthousiaste. Irrépressiblement, je souris en me disant que j'ai de la chance que mon chat ait été recueilli par des gens si charmants.

— Alors, c'est entendu ? Vous nous retrouvez au 61, Castro Street, d'ici… une petite heure ?

— D'accord, à tout à l'heure !

— Au fait, je m'appelle Stanley.

— Et moi, Caleigh.

Lorsque je raccroche, je suis euphorique. Purement et simplement. J'ai retrouvé mon chat et je vais même pouvoir m'essayer à la socialisation. D'ordinaire ce genre de perspective me rend plutôt nerveuse, mais cet homme au téléphone a réussi l'exploit de me mettre à l'aise, alors pourquoi hésiter ? De plus je ne connais personne ici, rencontrer ces gens me fera peut-être oublier mes expériences plus que désastreuses de la semaine passée, sait-on jamais.

À nouveau le moral regonflé à bloc, je cours remettre la glace à sa place puis monte me changer avant de me souvenir que c'est dans une heure que je suis attendue, pas dans dix minutes. Du coup, pour tromper mon impatience, je vais prendre une douche en mettant mon MP3 et son enceinte en route. Je m'astreins à n'en sortir qu'au bout de cinq chansons. Je sais que ça peut sembler ridicule, mais se doucher avec de la musique donne l'impression que le temps passe plus vite.

De plus, sachant qu'une chanson dure environ trois minutes, je serai sûre du temps qu'il me reste pour m'habiller et partir à l'heure.

OK. Vu de l'extérieur, tout ça parait un peu psychorigide, mais moi... ça me va !

Le moment venu, je pars en direction du domicile de mes sauveurs, en prenant soin de me laisser guider par Google Maps, histoire de ne pas me perdre comme la dernière fois. J'arrive à destination assez vite. Je pousse la grille et monte les marches d'un pas vif et aérien, préparant d'avance un sourire. Puis je sonne.

Je n'étais tellement pas préparée à ce que ce soit *lui* qui ouvre, que je sens ma mâchoire se décrocher. Mes poils se hérissent désagréablement et je recule, incrédule.

Environ 900 000 personnes vivent à San Francisco et il a fallu que je tombe à nouveau sur ce connard. J'ai dû être vraiment horrible dans ma vie précédente pour mériter ce karma de merde. Dieu me déteste.

-18-

Hunter

— Des lasagnes de pommes de terre ? Tu te fous de moi, là ?

Brad m'ignore royalement, seul son claquement de langue agacé me répond.

— Pas du tout, renchérit Stan sans même se retourner, occupé à remuer patiemment la bolognaise qu'il a préparé quelques minutes plus tôt.

Absolument pas convaincu par leurs réponses, je m'adosse contre le mur et croise les bras en ronchonnant.

— Sacrilège ! Les lasagnes, c'est avec des pattes, point barre !

— Ah ! Revoilà ces préjugés de merde ! s'écrie Brad en me fusillant du regard.

— Non, mais…

— Mais c'est qu'il est incroyable. Dis-moi, mon chou, tu

pourrais pas juste te taire et attendre de goûter avant de porter un jugement ?

J'ouvre la bouche pour lui rétorquer que certaines choses, comme la recette des lasagnes, sont immuables. Mais avant que j'aie pu prononcer un mot, on sonne à la porte.

— Vous attendez quelqu'un ?

— Oui, monsieur le psychorigide : Stan a invité à dîner la propriétaire de Monsieur Moustache.

— Monsieur Moustache ?

— Le chat, espèce d'imbécile !

Je lève les yeux au ciel en me demandant si je dois rire ou simplement être agacé. Monsieur Moustache ? C'est d'un risible !

— Mais qui peut affubler son animal d'un nom aussi ridicule ?

— Une charmante jeune personne, répond Stan sur un ton sans appel. Maintenant, si tu pouvais être gentil et aller ouvrir la porte…

— Pourquoi moi ?

— Parce que ce sera toujours mieux que de rester là, les bras croisés à râler comme un vieillard aigri !

Je ravale la remarque acerbe qui me brûle les lèvres en me souvenant que mes colocataires m'ont, moi aussi, gentiment invité. Et vu le caractère des deux lascars, j'ai tout intérêt à me montrer un peu plus agréable, si je ne veux pas remonter chez moi le ventre vide.

— C'est bon, j'y vais…, maugréé-je en me dirigeant vers la porte.

— Bon gars ! raille Brad en m'offrant un sourire satisfait.

— Pourquoi j'ai accepté que vous veniez habiter ici ? marmonné-je.

— Demande toi plutôt pourquoi *nous* avons accepté de signer le bail ! Sérieux, t'es pas le mec le plus facile à vivre au monde !

Cette fois, j'éclate de rire. Ça peut paraître un peu paradoxal, mais ouais, je sais que je ne suis pas très aimable, loin de là. Je suis, au mieux, un ours doublé d'un gros con parfois aussi. Mais venant de Brad, ça ne me dérange pas de l'entendre. Allez savoir pourquoi. Et comme je suis du genre à avoir le dernier mot, je ne peux m'empêcher de leur servir une petite pique.

L'amour vache, quoi.

— Si vous êtes là, c'est que vous êtes un peu maso. Vous avez envie de souffrir.

— Ouvre, au lieu de raconter des conneries. La pauvre doit s'impatienter dehors, s'indigne Stan.

— Ouais, ouais… y'a pas le feu au…

Mon sourire s'efface au moment où je découvre qui a sonné.

Putain ! C'est pas vrai ! Mais qu'est-ce qu'elle fout là,

elle ?

Au regard qu'elle me lance, je n'ai aucun mal à deviner qu'elle est tout sauf ravie de me voir en face d'elle. Quelques secondes passent sans qu'aucun de nous ne dise un mot.

— Vous ? se décide-t-elle à sortir.

Sa voix est loin d'être chaleureuse, mais honnêtement je ne peux lui en vouloir, vu l'ambiance de notre dernière rencontre.

— C'est vous qui avez Monsi… mon chat ? Vous êtes Stanley ? Encore que vous n'ayez pas une tête à vous appeler Stanley, ajoute-t-elle comme si elle se parlait à elle-même.

Puis elle me jauge froidement. OK. La partie s'annonce difficile.

— Non. Je ne…

— C'est vous qui avez mon chat ? répète-t-elle d'une voix glaciale.

— En fait, c'est…

— Vous l'avez fait exprès, conclue-t-elle d'un air entendu.

Non seulement elle ne me laisse pas en placer une, mais j'avoue ne rien comprendre à ce qu'elle me raconte. Ce dont je suis sûr, en revanche, c'est que vu les éclairs que me lancent ses yeux, je ne vais pas tarder à en prendre pour mon grade.

— Et si vous vous calmiez, d'abord ?

— Non, mais je rêve ! Vous avez enlevé mon chat, je ne

sais pas comment vous vous y êtes pris, mais vous l'avez attiré chez vous et vous l'avez séquestré !

Bien sûr... Elle est complètement cinglée.

Lorsque je constate qu'elle va entrer, j'avance d'un pas pour bloquer tout passage vers l'intérieur de la maison. Putain, mais pourquoi les gars lui ont-ils dit de venir ? Ils n'auraient pas pu aller lui rendre son satané animal chez elle ?

— Caleigh, vous allez vous calmer.

Je parle d'une voix douce, mais ferme. Je déteste les hystériques, alors il va falloir que cette fille descende d'un ton. Sauf qu'elle ne semble pas saisir le message.

— Qu'est-ce qui ne va pas chez vous, Stanley ? Ça vous amuse de me torturer ? Accuser ma sœur d'avoir causé la mort de votre ami ne vous a pas suffi ? Il fallait qu'en plus vous vous en preniez à moi ?

— Putain ! Vous allez écouter à la fin ! Ça suffit, votre numéro de furie hystéro ! Faut vous faire soigner…

C'est à mon tour de crier, je ne pouvais pas continuer à la laisser me casser les cou… m'accuser de tous les maux de la terre. Elle a un hoquet de surprise et me fixe de ses grands yeux écarquillés. Bien. Au moins, elle s'est tue. C'est déjà ça.

— Pour commencer, je ne m'appelle pas Stanley. Ensuite, votre satané greffier, je me serais bien passé de le recueillir chez moi. Mieux, si j'avais su que c'était le vôtre, je l'aurais remis à la rue !

Sur ces mots, je lui tourne le dos, rentre à nouveau dans

la maison et lui ferme la porte au nez. Elle ne va pas me chercher longtemps, celle-là.

Je vais rejoindre Brad et Stan dans la cuisine. Lorsque j'arrive, ils me regardent comme s'il m'était brusquement poussé une deuxième tête.

— C'était quoi, ça ? m'interroge Brad d'une voix blanche.

— Une cinglée qui m'accuse d'avoir séquestré son chat, lâché-je passablement excédé, avant de me mettre à hurler de manière à ce que tout le quartier entende :

— J'aurais dû en faire des brochettes, du matou !

— Et sinon, reprend Stan d'une voix très calme, tu le lui as rendu ?

— Rendu quoi ?

— Son chat, imbécile !

Je me fige, me sentant soudainement très stupide.

— Mouais. Autant de cervelle qu'un mollusque…, m'applaudit Brad avant d'aller vers la porte.

Il revient quelques secondes plus tard, suivi par l'autre folle qui ne manque pas de me gratifier d'un regard assassin. À mon plus grand désarroi, je m'aperçois que même en colère, elle est très jolie. Très belle même avec ses deux tâches écarlates sur ses pommettes. Aussitôt, je repousse cette pensée aussi loin que je peux. Cette fille vient de m'énerver, je ne *peux pas* la trouver mignonne.

— Installez-vous, Caleigh, pendant qu'on met Monsieur Moustache dans son sac de transport, lui intime-t-il en la débarrassant d'un sac à dos auquel je n'avais pas fait attention jusque-là.

— Merci…

Elle offre un pâle sourire à mon colocataire, me jette un regard si rapide que je pourrais l'avoir rêvé puis elle soupire.

—Écoutez… pour votre invitation… je vais devoir la refuser, s'excuse-t-elle.

Stan ne dit rien, mais lorsque je lui lance un regard, je le vois secouer la tête latéralement en me fixant d'un air déçu. Merde. Brusquement, je me sens presque coupable qu'elle décide de faire faux bond aux gars. Je suis même pas loin d'être peiné que les choses se passent si mal– pour Brad et Stanley, pas pour l'autre barge. Elle, si elle pouvait disparaître au plus vite, je ne m'en porterais pas plus mal.

Mon colocataire revient au bout d'une minute, l'animal chargé dans le sac.

— Je vous raccompagne, soupire Brad, qui visiblement a entendu qu'elle ne resterait pas.

A tes souhaits...

-19-

Hunter

Quelques instants plus tard, j'entends le bruit de la porte qui se ferme et les pas – cette fois, lourds et énervés – de mon colocataire. Arrivé au coin cuisine, il vient se planter juste devant moi, son visage exprime tout le mal qu'il pense de ce qui vient de se passer. Je m'attends à ce qu'il me livre le fond de sa pensée, mais au lieu de ça, il se contente de me toiser avec la plus grande déception avant d'aller s'asseoir face à moi, sur un des tabourets longeant le bar. Son compagnon met le plat au four – dommage que nous ne soyons pas plus à table, il y a de quoi nourrir un régiment – puis il vient lui aussi prendre place sur un siège.

Je déteste me sentir observé comme ils le font, et ils n'ont pas besoin de parler, leur regard est assez éloquent pour me faire comprendre qu'ils désapprouvent mon comportement avec Caleigh. Pour un peu, je me sentirais affreusement mal. Mais s'ils se mettaient deux secondes à ma place, ils en comprendraient les raisons ! D'ailleurs, j'essaie de les rallier à ma cause en leur disant qu'après tout, c'est elle qui m'a agressé verbalement, mais tout ce que j'obtiens c'est une leçon de morale : en colère ou pas, je n'aurais visiblement pas dû crier sur elle. On ne devrait jamais crier sur une femme. Merci les gars, j'y penserais pour la prochaine fois. Ça faisait longtemps que je n'étais pas passé pour un parfait abruti !

— C'est quoi ton problème avec cette fille ? m'interroge durement Stanley.

Je hausse un sourcil, surpris qu'il puisse se montrer si implacable. Malgré tout, je ne peux m'empêcher de me sentir quelque peu agacé que ce type que je connais depuis moins d'une semaine puisse lire si aisément en moi. Du coup, j'applique ma méthode habituelle : je feins l'innocence. Eh oui, je suis le roi de la mauvaise foi et c'est totalement assumé.

— Et qu'est-ce qui te fait croire que j'en ai un ?

— À d'autres ! Une telle colère ne signifie que deux choses : soit tu la détestes viscéralement pour je ne sais quelle raison, soit tu veux te la faire.

Je manque de m'étouffer en entendant les élucubrations de Stan. N'importe quoi ! Comme si j'avais une quelconque envie de faire quoi que ce soit avec cette fille ! D'ailleurs, je ne la déteste pas. En revanche, elle m'indiffère, c'est tout.

— Elle… Caleigh est la sœur de la petite amie de Casey. Il était comme mon frère. Ce soir-là, ils devaient… enfin, ils avaient un rencard. C'était la première fois qu'il s'intéressait autant à une fille : d'habitude, il enchaînait les conquêtes. Mais là, Sasha… il en était fou. Et bref…

Je passe une main nerveuse dans mes cheveux, ayant soudainement du mal à déglutir.

— … Une voiture est rentrée dans la leur. Ils sont morts sur le coup.

Je ne leur avais pas encore raconté ce qui était arrivé à Casey, d'ailleurs j'en parle rarement de cet accident. Je n'aime pas me remémorer ce foutu mauvais souvenir parce qu'il me rappelle douloureusement que la vie continue sans mon meilleur ami.

Brad et Stan me lancent un regard compatissant. Pour autant, j'ai l'intime conviction que ça ne veut pas dire qu'ils en ont fini avec moi.

— En quoi Caleigh est-elle responsable ? m'interroge Stan. C'est elle qui conduisait la bagnole qui a percuté celle de ton pote ?

— Non. Bien sûr que non. C'était un ivrogne, en face.

— Donc… tu ne nous en voudras pas si on te dit que tu t'es comporté avec cette fille comme un parfait connard ?

— Oui, mais elle m'a accusé d'avoir enlevé son chat ! C'est elle qui m'a beuglé dessus en premier, elle est complètement cinglée, je vous dis.

Mes deux colocataires secouent la tête d'un air affligé. Cette fois c'est Brad qui prend la parole et parce qu'il s'adresse à moi avec ce regard particulier qu'ont les gens lorsqu'ils vont énoncer une vérité indiscutable, je sais que je ne vais pas aimer ce qu'il va me dire.

— Écoute, mon chou, tu n'as aucune excuse valable pour avoir agi comme tu l'as fait. Quant à ce qui est arrivé à ton meilleur ami, c'est le destin, le karma ou tout ce que tu veux. C'est comme ça et tu ne peux rien y faire. Encore moins passer ta colère sur cette pauvre fille qui– je te rappelle ce que tu viens de dire– a perdu sa sœur au moment même où tu as toi-même perdu Casey.

Je les regarde tour à tour, sans rien trouver à leur dire. En dix secondes, ils ont démonté, réduit à néant tout ce à quoi je me suis raccroché depuis la mort de mon meilleur ami. Bien sûr, je savais déjà tout ça, mais j'avais préféré l'ignorer.

Il paraît qu'on agit bizarrement lorsqu'on est frappé par la mort d'un proche, c'est humain, une façon de se protéger contre la peine. Du coup, parce que c'était plus facile à gérer, j'ai cherché et trouvé un coupable à l'accident injuste et tragique de Casey. Accuser quelqu'un même sans raison, ça je pouvais faire, mais accepter l'inéluctable, me mettre à croire au destin, beaucoup moins. Rejeter ma colère sur Caleigh était même cent fois plus facile que d'accepter que la mort de mon meilleur ami eût juste été un putain de coup de pas de bol.

La vérité c'est qu'elle n'est en rien responsable de ce tragique accident, pas plus que sa sœur à travers elle. Et moi, je suis un bel enfoiré.

N'empêche que ça change quoi de savoir ça ? J'ai toujours ce poids énorme sur le cœur et mon ami, celui que je considérais comme mon frère, ne reviendra jamais.

— Qu'est-ce que vous attendez de moi ?

— Des excuses, pour commencer, répond Brad en pinçant les lèvres d'un air sévère.

— Désolé…

— Pas à nous, bon sang ! s'agace-t-il. Tu vas aller chez cette fille, elle vit sur…

— Je sais où elle habite, le coupai-je. Et dans le cas où je fais ce que vous me demandez et qu'elle refuse de m'écouter, je fais quoi ?

— C'est effectivement ce qui te pend au nez, mon ami, rétorque Stan.

Un peu vexé de ne pas me sentir soutenu, je me renfrogne. Déjà que je ne suis pas du genre à m'excuser, savoir que je vais au-devant d'un rejet pur et simple ne me donne absolument pas envie de faire le premier pas vers Caleigh.

Je ronchonne, parfaitement conscient de faire preuve de la pire des mauvaises volontés :

— Mouais. Ben, je vais y penser…

Les deux hommes en face de moi se regardent bizarrement et l'espace d'un instant, j'ai l'impression d'assister à un échange muet, une conversation secrète dont ils seraient les seuls à détenir la clé. Et franchement, lorsqu'ils reportent leur attention sur moi la seconde suivante, le sourire mielleux qu'ils affichent a de quoi en déstabiliser plus d'un— à commencer par moi. Pris d'un mauvais pressentiment, je ne peux m'empêcher de me demander quelle idée sadique ils ont derrière la tête.

Ils se lèvent dans un bel ensemble puis se précipitent vers moi et m'empoignent chacun par un bras avant que j'aie le temps de réagir, puis ils me traînent vers la porte d'entrée. Lorsqu'ils l'ouvrent et me poussent dehors, mon premier réflexe est de les incendier afin de leur faire comprendre qu'il y a des limites à ne pas dépasser, mais Brad me fait taire d'un regard.

— Maintenant, tu vas aller t'excuser et la ramener ici pour dîner, comme c'était prévu.

Comme si c'était aussi simple ! J'imagine d'ici sa tête lorsqu'elle me verra devant chez elle. C'est sûr, elle va être *ravie*.

— Et si elle refuse ?

Stan fait un pas dans ma direction en prenant un air menaçant et cette fois, je ne peux m'empêcher de reculer.

— Si elle refuse, je te jure que je viendrais te réveiller tous les soirs pour te faire ma danse de la bite.

Il dit ça le plus sérieusement du monde, si bien que mon cœur arrête de battre durant une microseconde. Mon regard passe de l'un à l'autre, je les scrute, mal à l'aise, cherchant à savoir de quoi Stan est exactement en train de me parler et surtout s'il compte mettre sa menace à exécution. J'hésite à lui poser la question, en fait je ne suis même pas sûr qu'il soit judicieux de lui adresser la parole. Ce n'est pas possible, il doit se foutre de ma gueule ! Et moi, comme un con, je tombe dans le panneau. Bien sûr, vu le regard qu'il me lance, il se peut qu'il soit sérieux…

— Euh, mon pote, tu sais que je n'ai rien contre toi, mais…

— Alors crois-moi, tu vas la ramener ! m'affirme-t-il d'une voix lugubre, tandis que j'interroge son compagnon du regard.

Celui-ci hausse les épaules d'un air impuissant avant de me dire :

— Fais comme tu veux, Hunter. Mais pour te donner une idée de ce qui t'attend, imagine une danseuse burlesque ou… une strip-teaseuse en train de faire des cercles avec ces cache-tétons. Tu visualises bien la scène, là ? Dis-toi que mon cher et tendre fait la même chose, mais avec sa queue. Les quelques personnes qui ont assisté à cette performance en sont ressorties quelque peu traumatisées.

À mesure qu'il m'explique en détail ce que Stan a prévu pour moi au cas où je viendrais à échouer dans la mission qu'ils m'ont donnée, je recule lentement et prudemment, faisant attention à descendre les marches sans me casser la figure. Et puis, d'un coup, ils éclatent de rire avant de me refermer la porte au nez. Maintenant, je comprends que depuis le départ, ils se sont moqués de moi. En attendant, ils sont parvenus à leur but : je suis dehors. En tout cas, je sais maintenant que mes colocataires peuvent se montrer encore plus têtus et déterminés que moi. J'ai un sourire incrédule en songeant à leur procédé déloyal pour me faire exécuter leur volonté. Brad et Stan sont vraiment doués.

Il n'empêche qu'ils ont raison sur toute la ligne : je dois aller m'excuser auprès de Caleigh, j'ai été beaucoup trop loin avec elle alors qu'elle ne le mérite pas.

Le vent frais de ce soir me fait frissonner. Ce n'est pas grave, je vais courir jusque chez elle, ça me réchauffera.

-20-

Caleigh

Je rentre chez moi en ne sachant pas si je dois rire, pleurer ou hurler. Me retrouver en face de… je ne sais même pas comment il s'appelle, m'a non seulement déstabilisée, mais en plus, mise dans une colère noire. Et quand on me pousse à bout, j'ai tendance à déblatérer des inepties.

Je m'accroupis pour libérer mon chat de son sac de transport, le soulève et le serre fort contre moi. Un peu trop quand même, vu le couinement indigné qu'il me fait entendre. Si maintenant je me mets à étouffer Monsieur moustache, ou… de toute façon, tout ça c'est la faute de ce sale type qui a séquestré mon matou pour en faire des brochettes. Je cache mon visage derrière mes mains, soudainement atterrée par moi-même. Seigneur, je me sens tellement ridicule !

Et là, c'est la catastrophe : sans que je m'y attende, j'éclate en sanglots. J'ignore pourquoi je pleure et je déteste me sentir aussi minable, mais je n'arrive pas à endiguer le flot de mes larmes et cela m'énerve encore plus. D'ordinaire, quand je suis dans cet état, j'appelle Sash… mais elle n'est plus là. Je me sens horriblement seule. Bientôt, je suis secouée de violents spasmes.

Malgré mes protestations, le chat saute sur mes genoux et se frotte contre moi alors qu'un torrent de larmes se déverse de mes yeux. S'il continue ainsi, dans deux minutes, je vais me retrouver en train de me moucher dans son pelage. Je dois me rendre à l'évidence : je suis tombée bien bas. Et dire que j'avais écrit « sourire au moins une fois par jour » et « apprendre à s'ouvrir aux autres » sur ce fichu pense-bête accroché au frigo ! C'est fou ce que je m'y tiens ! Encore une bonne résolution pour rien…

Je ne sais pas combien de temps je reste les fesses par terre en mode auto apitoiement le plus complet, mais lorsque je commence à sentir des fourmillements dans les jambes, je décide de me lever. C'est tout moi ça : ça veut jouer à la carpette et c'est incapable d'assumer après. Je me relève tant bien que mal et m'aide du mur pour me rendre dans la cuisine. Je traîne la patte, c'est merveilleux.

C'est bien sûr pile au moment où j'arrive à mi-chemin qu'on sonne chez moi. Qui que ce soit, qu'il aille se faire voir, je n'irai pas ouvrir. En plus, vu comme j'ai pleuré, je dois avoir une tête à faire peur – œil rouge et gonflé x2 et nez en patate.

Absolument pas dérangé par le fait que personne ne vienne lui ouvrir, l'indésirable se met à tambouriner à la porte comme un forcené.

Je retrouve miraculeusement toutes les sensations dans mes jambes, mais je ne bouge pas. Le sol étant constitué de parquet, il suffirait que je fasse un pas pour que celui ou celle qui se trouve derrière la porte l'entende et insiste pendant des plombes.

Pourtant, au bout de quelques secondes, les coups furieux cessent. Je pousse un soupir de soulagement et me dirige enfin vers la cuisine avec la ferme intention de finir le pot de glace entamé quelques heures plus tôt. De retour dans le salon à peine ai-je allumé la lumière que l'autre abruti dehors recommence à s'énerver contre ma porte.

— Caleigh ! Ouvrez ! Je sais que vous êtes là ! hurle une voix masculine depuis l'extérieur.

Je sursaute. Mon sang ne fait qu'un tour car même s'il est assourdi, je pourrais reconnaître ce timbre vocal n'importe où.

Putain ! Il ne pouvait pas rester chez lui, ce con ?

Passablement énervée, j'avale une cuillère de glace pour me donner du courage, puis me dirige d'un pas lourd vers l'entrée de ma maison et ouvre la porte. Je le surprends une main levée, prêt à frapper une nouvelle fois. Pendant une seconde, je manque d'être subjuguée par le physique de ce type – il faut dire qu'il est sublime – mais je me souviens juste à temps que sous ses airs indéniablement charmants, cet homme est un véritable enfoiré.

— Ça ne vous a pas suffi de m'en mettre plein la figure, tout à l'heure ? Il fallait que vous veniez en remettre une couche ?

Il me semble voir une ombre – de la culpabilité ? – passer sur son visage, mais avec la pénombre régnant à l'extérieur, je pourrais tout aussi bien avoir rêvé. Pour éviter tout futur malentendu, je tends la main vers l'interrupteur et enclenche la lumière du porche. Surpris par le brusque éclairage, l'homme plisse les yeux, ébloui, et pousse un chapelet de jurons tandis qu'il recule, s'approchant dangereusement des escaliers. Je prie le ciel pour qu'il se casse la figure, son pied droit est à quelques centimètres du vide... il le pose, perd l'équilibre et se rattrape in extremis à une des poutres décoratives de l'auvent.

Je ne peux m'empêcher de ricaner.

— Vous voulez ma mort ou quoi ? aboie-t-il en me fusillant du regard.

— Bon sang, mais vous savez faire autre chose que gueuler ? Vous avez fait tout ce chemin pour vous en prendre à moi, c'est ça ? Désolée, mais j'ai déjà donné !

Je referme la porte sur son regard surpris. Non, mais, que croyait-il ? Que j'allais l'accueillir en lui baisant les pieds ? C'est mal me connaître : moi je suis plus adepte de la loi du talion, « œil pour œil, dent pour dent ». Ça peut paraître un peu primaire, mais ça a un effet thérapeutique certain.

— Caleigh, s'il vous plaît, ouvrez… j'ai des choses à vous dire ! ! me supplie-t-il presque.

Je lève les yeux au ciel, à la fois agacée et un peu amusée par la situation. Cette fois, on dirait bien que les rôles sont inversés : c'est lui qui est en position de demande, pas moi ! !

Ô douce sensation que ce début de sentiment de supériorité !

— Vous savez, je ne partirai pas d'ici sans vous avoir parlé, reprend-il.

Mais c'est qu'il insiste en plus !

— Vous pouvez rester toute la nuit dehors si ça vous chante, je ne vous ouvrirai pas cette foutue porte ! !

J'arrive à distinguer un soupir exaspéré venant de l'autre côté de la porte. Non, mais quel culot ! Puisqu'il a décidé de le prendre comme ça, je m'installe par terre et entreprends de me goinfrer de glace, on verra bien qui se fatiguera le premier.

— Seigneur ! Cette fille va me rendre chèvre, marmonne-t-il, m'arrachant au passage un sourire satisfait.

J'avoue que je ne suis pas loin de m'amuser comme une petite folle.

— Caleigh, il fait froid dehors…

— Vous pouvez bien geler sur place, que ça ne changera rien !

Nouveau soupir pour lui, nouvelle cuillère de glace pour moi. J'ose même lâcher un gémissement de bonheur, avant de me demander pourquoi j'ai fait ça. Cela ne me ressemble pas du tout. J'entends qu'il s'agite de l'autre côté de la porte.

— Bon Dieu, mais vous êtes en train de faire quoi, là-dedans ?

La légère note de panique contenue dans sa voix me donne envie de rire, mais je me retiens. Il ne faut pas abuser des bonnes choses…

— 'Eu manch' eu la glach' !

Note pour moi-même : articuler avec une cuillère dans la bouche n'est pas chose aisée. Et ça rapporte une touche non négligeable de ridicule dans une situation qui l'est déjà.

OK. OK. J'avale ma glace et me focalise sur l'attitude à avoir : je suis de mauvais poil, je suis imbuvable. Je suis de mauvais poil, je suis imbuvable. Je suis de mauvais poil…

— Vous en voulez ? dis-je, hilare, à l'homme qui se trouve dehors par dix degrés.

— Et vous trouvez ça drôle ? Putain, je savais que je n'aurais pas dû venir !

— Alors pourquoi êtes-vous-là ? Personnellement, Monsieur M.H., je trouve que vous êtes bizarre : apparemment vous aimez vous faire mal. Vous souffrez de masochisme ? On ne vous a pas appris à éviter les situations désagréables ? Moi c'est ce que je fais, encore que depuis quelques jours, j'y suis confrontée malgré moi. D'ailleurs, je ne vous en remercie pas.

Je débite tout ça d'une traite, sans presque respirer. Et en agitant consciencieusement ma cuillère en l'air pour appuyer chacun de mes mots. Ce qui est ridicule, étant donné qu'à part mon chat, personne ne peut me voir. Les secondes passent sans que je perçoive le moindre bruit venant de l'extérieur. Finalement, il en aura peut-être eu assez et sera reparti d'où il vient. Je hausse les épaules, après tout c'était ce qu'il avait de mieux à faire… Néanmoins, m'employer à être aussi désagréable avec lui qu'il l'a été à mon encontre commençait à m'amuser, du coup je suis un peu déçue qu'il ait lâché l'affaire si vite – et si facilement.

— Je suis désolé.

Je sursaute en entendant le son de sa voix, et j'avoue que mon cœur a opéré un salto plutôt désagréable. Franchement il n'aurait pas pu prévenir qu'il était encore là ? Ça m'aurait évité de friser la crise cardiaque ! Bien entendu, je ne me gêne pas pour lui faire savoir le fond de ma pensée en l'engueulant :

— Non, mais ça va pas bien, vous ? J'ai cru que vous étiez parti ! Vous voulez me faire crever de peur, ou quoi ?

— Caleigh, ça vous dirait de la fermer juste trente secondes ? Putain, on peut pas dire que vous facilitez les choses, ni que vous donnez l'envie de se montrer aimable avec vous !

— Je rêve, là ? Vous ne pouvez pas avoir osé dire ça ? *Je* ne donne pas envie aux autres de se montrer aimable avec moi ? Alors que c'est *vous* qui depuis le départ m'envoyez toute votre haine en pleine figure ? *Moi* ?

Je crois que jamais de ma vie je n'ai été aussi furieuse.

C'est exactement cela : ja-mais.

— Voilà, vous recommencez ! crie-t-il.

Puis il se met à gigoter sur le perron. Peut-être fait-il les cent pas. Ou bien il saute sur place… auquel cas, c'est ridicule : le froid est une vue de l'esprit, il suffit de ne pas se contracter pour ne pas le sentir. N'empêche, le pauvre, il doit être gelé…

M'en fous, qu'il crève de froid !

— Je recommence rien du tout, lâché-je, un rien butée. Magnez-vous de me dire ce que vous avez à dire et partez. Faites gaffe, vous avez vingt secondes, après ça, j'appelle les flics.

— Putain, c'est pas possible ! maugrée-t-il.

— Un !

Je laisse passer un ange, plutôt un troupeau tandis qu'il continue à grommeler de l'autre côté de la porte. Visiblement, il aime perdre du temps. Qu'à cela ne tienne, le décompte défile dans ma tête.

— Dix ! Tic tac, tic tac… vous feriez mieux d'accoucher au lieu de jurer !

— Mais il s'est passé quoi entre un et dix ?

— Quinze !

— D'accord, d'accord ! C'est bon ! Caleigh, je suis désolé de m'en être pris à vous sans raison. Je suis sincèrement désolé, débite-t-il d'une traite.

Maddie D.

Eh ben voilà !

Bien sûr, son ton n'est pas le plus aimable du monde – il ne faut pas non plus trop lui en demander – mais ça me va. Je fais le choix de me dire qu'il est sincère et j'ouvre la porte.

Je le regarde avec un demi sourire satisfait, un poing sur la hanche.

— Vous voyez, quand vous voulez !

— Merci d'avoir ouvert, me dit-il en grelottant. Je peux entrer ?

— Non. Toujours pas.

— Mais je viens de vous faire mes excuses ! s'énerve-t-il à nouveau.

— Et alors ? Je ne vous connais pas et mes parents m'ont interdit de faire entrer des inconnus chez moi.

Il marque un arrêt, stupéfait par ma réponse, puis il me fusille du regard – mais nettement moins durement cette fois.

— Vous vous amusez bien, hein ?

Je hoche la tête sans même faire l'effort de cacher mon hilarité.

— J'avoue, oui. Comme une petite folle. Néanmoins, je suis très sérieuse quand je vous dis que vous n'entrerez pas. Je ne sais rien de vous, pas même votre prénom.

— … lin, marmonne-t-il si bas que je ne saisis pas ce qu'il vient de me dire.

— Pardon ? Je refuse de croire que vos parents ont osé vous appeler « Lin ».

— Merlin. Mon prénom est Merlin. Ça vous va ? lâche-t-il avec colère.

Je le regarde avec circonspection.

Non, il ne peut pas être sérieux ?

Devant mon air sceptique, il sort un portefeuille de la poche arrière de son jean et tend un permis de conduire qu'il me met devant les yeux. Merlin Hunter.

Si si, il était sérieux.

J'éclate de rire. Puis j'arrête, c'est très mal de rire du malheur des autres. Mais un coup d'œil à son visage renfrogné suffit à me faire perdre mon sérieux. J'en pleure, c'est trop drôle ! Le contraste entre l'homme sexy en diable se tenant devant moi et ce prénom tellement… tellement… hilarant, c'en est trop pour moi. Les larmes coulent sur mes joues tandis que je suis pliée en deux, me tenant littéralement le ventre. Je ne me souviens plus la dernière fois où j'ai autant ri.

Au bout d'un moment, il toussote.

— C'est bon ? Vous vous êtes bien marrée ?

— Pardon, excusez-moi… c'est juste que… vous savez que vous pourriez intenter un procès à vos parents pour avoir osé… pardon, pardon… excusez-moi, je ne devrais pas rire ! dis-je en essayant de recouvrer mon calme.

Il me faut encore quelques secondes avant de ne plus pouffer, mais c'est tellement difficile d'être sérieuse après ça.

Son regard me défie de recommencer à rire. Il m'observe, sourcils froncés, mâchoires contractées et je distingue même une veine battre sur sa tempe.

Ouh ! C'est qu'il serait presque impressionnant, Merlin.

Je suis obligée de me mordre la langue afin de retrouver mon self control-et bien que j'y parvienne assez rapidement, je suis désormais incapable de le regarder dans les yeux.

Sérieusement, comment peut-on appeler son enfant Merlin ?

— C'est bon, j'ai fini, lui assuré-je. Encore une fois, je suis désolée de m'être moquée de vous.

— Je suppose que c'est de bonne guerre, bougonne-t-il.

Je sens très distinctement le poids de son regard et malgré moi, je plonge à nouveau dans ses yeux verts. À cet instant précis, je sais que je suis fichue. Il ne subsiste plus rien de ma colère envers lui tandis que je me noie dans ses prunelles. Nous nous observons en silence pendant ce qui me paraît être une éternité. Je sais que je devrais dire quelque chose, mais impossible de me souvenir quoi exactement. Tout ce que je sais, c'est que nous sommes l'un en face de l'autre, chacun d'un côté de la porte de ma maison et qu'un vent frais s'y engouffre.

A tes souhaits...

Loin, très loin un téléphone sonne désagréablement...

Le mien, peut-être ? On s'en fout, je suis bien, là. Aucune envie de bouger.

-21-

Hunter

Marrant que je n'arrive pas à détacher mon regard du sien... elle a vraiment de très jolis yeux, je pourrais rester des heures à...

Un air de pop rock un peu désagréable me sort de ma contemplation. Qui peut mettre Muse en sonnerie de téléphone ?

— Caleigh…

Elle sursaute au son de ma voix, cligne des yeux l'air un peu perdue, puis m'observe sans comprendre. OK. Il faut que je me montre plus explicite :

— Votre téléphone, je crois…

— Mon… ? Ah ? Oui, en effet ! acquiesce-t-elle d'une voix légèrement voilée, juste avant de partir d'une démarche raide.

En me laissant dehors, bien entendu. Charmant. Ce n'est pas comme s'il faisait dix degrés et qu'à part un T-shirt manches longues, je n'avais rien pour me protéger du vent. Bon, après tout, je ne suis plus à ça près ! Elle s'est fichue de mon prénom, elle peut bien me laisser attraper une pneumonie.

Je patiente et ne peux m'empêcher de tendre l'oreille. Je distingue des bribes de conversation, et il me semble même comprendre qu'elle parle avec mes colocataires. Je me pince l'arête du nez, soudainement agacé sans vraiment y trouver une raison – peut-être parce qu'elle rit avec eux. En même temps, vu comme j'ai été aimable avec elle jusqu'à maintenant, si elle ne l'a pas fait avec moi je ne peux m'en prendre qu'à moi-même. La crise de rire qu'elle a eu quelques instants auparavant ne compte pas : elle se foutait de ma gueule, c'est tout.

Quelques instants plus tard, elle revient, un sourire énigmatique aux lèvres. Elle est belle lorsqu'elle sourit, cela devrait lui arriver plus souvent... Elle se plante devant moi et m'observe intensément quelques secondes, la tête légèrement penchée sur le côté avec cet air de se demander quoi faire avec moi.

— Comment est-ce que je dois t'appeler ?

Je suis à la fois un peu surpris et soulagé par son brusque passage au tutoiement.

— Hunter, tout le monde m'appelle comme ça.

— OK. Va pour Hunter. Je suppose que tu préfères que

j'évite de faire mention de ton prénom auprès des autres ?

Je lui offre un sourire crispé.

— J'aimerais autant, oui.

— Bien.

Caleigh semble réfléchir quelques secondes puis me lance un regard diaboliquement satisfait qui me fait me demander si je ne ferais pas mieux de prendre mes jambes à mon cou.

—Apparemment, tu dînes chez moi. Tes colocataires aussi. Évite de me faire suer si tu ne veux pas que je leur divulgue malencontreusement notre secret.

Puis elle tourne les talons et je la suis sans me faire plus prier. Elle me précède dans un salon de belle taille qui serait décorée avec goût s'il n'était pas envahi de cartons.

— Désolée pour le bazar, je ne pensais pas avoir de visite aussi vite.

— C'est OK pour moi. Tu viens d'emménager et…

Elle se tourne vers moi brusquement, l'air soupçonneux.

— Comment tu le sais ? lâche-t-elle sèchement.

Je lève les mains en signe de paix.

— Ça va, Caleigh, ne te fâche pas…

— Je t'ai posé une question !

— C'est moi qui m'occupe de la tombe de Sasha.

Je me rends compte que ma réponse n'explique pas tout.

Simplement, si je me mets à lui raconter que j'ai été interroger le pasteur pour avoir des renseignements sur elle et sa famille, elle risque de penser que je suis *réellement* un psychopathe. Comme elle me scrute avec attention, je m'applique à lui sourire d'un air le plus avenant possible.

— Pourquoi ? Qu'est-ce que ça t'apporte de le faire ?

— Rien. C'est juste que… je trouvais ça dommage que personne ne le fasse.

Sur le coup, j'ai presque peur qu'elle m'envoie me faire foutre. Après tout, ce serait tout à fait compréhensible, je ne suis pas de la famille et ce ne sont pas mes affaires. Elle pourrait tout aussi bien penser que j'assouvis je ne sais quelle déviance perverse.

— Merci, me dit-elle avec sincérité.

Je n'étais pas préparé à ça, vraiment pas.

J'avais envisagé pas mal de cas de figure – pas très optimistes pour la majorité – mais pas ce regard de gratitude. Je suis tellement surpris que je ne peux qu'acquiescer vaguement. Gêné, je tente de changer de sujet.

— Qu'est-ce que mes colocataires ont bien pu te dire pour te faire rire ?

Le regard de Caleigh s'allume à nouveau et cette fois, j'y vois de l'amusement.

— Ils voulaient juste savoir si tu étais encore vivant, si je ne t'avais pas écorché vif et si tu m'avais présenté tes plus plates excuses.

Maddie D.

Je remercie intérieurement le Seigneur que la partie portant sur la danse exotique que me réservait Stan en cas d'échec ait été passée sous silence. Je ne suis pas sûr que ça aurait joué en ma faveur. Je me contente donc de hocher une nouvelle fois la tête et Caleigh m'offre de m'installer sur le canapé gris et blanc – raide comme une planche – trônant en plein milieu de la pièce, pendant qu'elle prépare rapidement un apéritif et met la table. Lorsqu'elle revient, elle semble presque mal à l'aise.

— Ça ne va pas ? Tu ne te sens pas bien ?

Intérieurement, j'espère que ce n'est pas à cause de moi, je regrette de plus en plus mon comportement passé.

— Non, ne t'inquiète pas. C'est juste que…

Elle se balance d'une jambe sur l'autre, tordant nerveusement ses doigts. Enfin, elle se lance :

— Stan et Brad… est-ce qu'ils sont… ?

— Ensemble ? Oui, ça te gêne ?

Elle me soutient que non, ça ne la gêne pas, mais l'ombre sur son visage – bien que furtive – me fait douter que ce soit bien le cas. J'espère que je me trompe, sinon cela risque d'être problématique. Je ne fréquente pas les gens qui n'ont pas l'esprit ouvert. Elle ne m'a pourtant pas semblé rebutée par mes colocataires lorsqu'elle les a vus un peu plus tôt…

L'idée que cette soirée va constituer un test s'impose à moi. Pire que tout, j'ai du mal à comprendre pourquoi tout à coup, cela me semble si important qu'elle le réussisse.

Je dois me rendre à l'évidence : les lasagnes de pommes de terre, c'est bon, même succulent. Mais comme je suis buté, lorsque mes deux comparses me le demandent, je leur dis que c'est juste mangeable.

Hé ! On ne se refait pas, hein !

Durant une bonne partie de la soirée, je suis assez dérouté par le comportement de Caleigh : bien qu'elle se prête de bonne grâce au jeu des questions-réponses de Brad et son compagnon, les regards inquiets qu'elle lance – et qu'elle semble tenter de réprimer – montrent qu'elle n'est pas tout à fait à son aise. Si au départ, je mets cela sur le compte d'un éventuel a priori face à mes colocataires, je finis pourtant par découvrir que cette fille est juste très timide. Du coup, je m'en veux de ne pas l'avoir préparé à l'ouragan Brad et Stan.

Même moi, les premiers jours de notre « cohabitation », j'ai eu un peu de mal à me faire au côté quelque peu « intrusif » de leurs caractères. Pas qu'il soit sans-gêne ou quelque chose de ce genre-là, c'est juste qu'ils… prennent beaucoup de place – comprenez par là qu'ils sont tellement joyeux et adorables que, très vite, avant même que vous vous en rendiez compte, ils font partie intégrante de votre vie.

Depuis une semaine, ils ont comblé à leur manière le vide de mon existence. Bien sûr, ils ne remplaceront jamais

Casey et je ne pense pas qu'ils le veuillent, mais ils ont su m'apprivoiser autrement. En parlant de ça, j'ai dans l'idée qu'ils aiment bien Caleigh.

Malheureusement, cette fille a l'air assez peu douée pour les relations sociales. Ce n'est pas difficile à comprendre, dès qu'ils essaient de plaisanter un peu, c'est comme si elle réagissait avec un temps de retard. J'ai l'impression qu'elle traite d'abord l'information et qu'elle choisit ensuite la réponse la plus adaptée. Si elle agit ainsi avec tout le monde, elle doit se sentir seule. Je trouve cela très triste. Et très fatigant, psychologiquement parlant.

Grâce à l'interrogatoire en règle de mes colocataires, j'en apprends un peu plus sur elle. Ainsi, je sais qu'elle a vingt-trois ans, que son père se trouve être un éminent chirurgien new-yorkais et qu'elle-même suit un Master dans une prestigieuse école d'art de la Grosse Pomme. Et aussi qu'elle a une préférence pour la peinture et la photographie.

Mes deux colocataires sont infatigablement curieux, chaque réponse de Caleigh les pousse à creuser un peu plus. Alors qu'ils ne la connaissent que depuis quelques heures, ils veulent tout savoir d'elle.

— Du coup, c'est le Spring break [6] chez toi ? C'est pour ça que tu restes à San Francisco ? s'informe Brad d'un air innocent dans lequel je peux cependant déceler une infime note de déception.

---

6 En Amérique du Nord, un congé d'une durée d'une semaine ou deux a lieu traditionnellement, selon les régions, à la fin de l'hiver ou au début du printemps.

— Non. Je… j'ai mis mes études en stand-by juste après avoir validé mon semestre, lui répond-elle après une seconde d'hésitation.

Brad fait entendre un claquement de langue agacé et fronce les sourcils. Visiblement, il ne comprend pas.

— Pourquoi avoir fait ça ? Ça ne te plaît plus ?

Caleigh baisse la tête. Pendant quelques secondes, elle ne dit rien, mais ses poings crispés sur le bord de la table parlent pour elle. Mon colocataire a touché un point sensible.

Putain ! Ça ne lui arrive jamais de la fermer ?

Ce n'est pas comme si je ne lui avais pas lancé de regard d'avertissement. C'était prévisible et ça m'agace de voir Caleigh se renfermer comme ça. Du coup, je ne peux m'empêcher de voler à son secours.

— Brad, je crois qu'on devrait changer de sujet, lui dis-je lentement tout en balançant discrètement un coup de pied sous la table, ce qui me vaut en réponse un regard à la fois étonné et furibond.

— Non, c'est bon, nous assure Caleigh avec un sourire crispé.

Elle inspire profondément comme si elle cherchait à se donner du courage. Personnellement, je crois qu'elle n'en a pas besoin parce qu'elle l'est déjà, courageuse. Se confier à des inconnus est loin d'être simple, encore moins lorsqu'on est introvertie comme elle semble l'être. De mon côté, je n'ai pas vraiment envie d'entendre sa réponse parce que j'ai l'impression que ça lui coûte énormément. Je ne veux pas la voir triste, ça m'est étrangement insupportable. Et pourtant, paradoxalement, tout comme Brad et Stanley, je suis suspendu à ses lèvres.

— Un peu avant sa mort, j'avais promis à ma sœur que je viendrais vivre à San Francisco et que je m'installerais chez elle. Et même si elle n'est plus là, je ne reviendrai pas sur ma décision, parce que… parce que c'est ce qu'elle souhaitait.

Une larme roule sur sa joue, solitaire. Comme elle.

Nous restons silencieux, de toute façon, qu'aurions-nous pu dire après ça ? Rien. Et même, essayer de prononcer un mot qui pourrait alléger sa peine me semble aussi inutile qu'indécent. Soudain, elle s'excuse, dit qu'elle a besoin d'air et sort de table en trombe.

Nous la suivons des yeux alors qu'elle disparaît dans la cuisine, puis une porte claque.

Merde…

— La pauvre, ne peut s'empêcher de s'apitoyer Brad juste avant de se voir offrir un regard assassin de la part de son compagnon.

— Je ne pense pas qu'elle ait besoin qu'on la plaigne, marmonné-je. Ce doit être assez difficile pour elle comme ça.

— Tu as raison, mon chou, approuve Stan. Ce qui fait de toi la personne parfaite pour aller lui parler !

Je manque de m'étouffer d'indignation.

— Et pourquoi moi ? T'as qu'à y aller toi !

— Je regrette, mais c'est impossible : je ne supporte pas de voir une femme pleurer et va savoir pourquoi, c'est encore pire quand c'est elle. Ensuite, tu *meurs d'envie* d'aller la réconforter. Crois-moi, affirme-t-il avec un regard appuyé.

J'ouvre la bouche et la referme aussitôt, incapable de répliquer quoi que ce soit. D'autre part, la menace de la danse exotique de mon colocataire me semble encore planer au-dessus de ma tête.

Contraint et forcé, je me lève de table et me dirige d'un pas lourd dans la cuisine, escorté par les deux énergumènes avec lesquels j'ai eu la mauvaise idée de partager ma maison. Je me retourne vers eux, passablement agacé.

— Ça va, j'ai pas besoin d'être accompagné. Je vais pas m'enfuir !

— Ça, on le sait, confirme Stan d'un air impénétrable.

— Putain ! Mais qu'est-ce qu'il y a, alors ?

Je m'efforce de chuchoter, mais vu comme ces deux-là me cassent les couilles, c'est loin d'être évident. Soudain, Stan m'attrape à bras-le-corps et tente de me mettre face au réfrigérateur. Je lutte pour me dégager, mais le bougre est beaucoup plus balèze qu'il n'y paraît. Il ne faudrait pas qu'il continue à me les briser longtemps, sinon il ne tardera pas à recevoir mon poing dans la figure.

— Lâche-moi !

— Range ta testostérone, espèce d'imbécile, et regarde

plutôt ça ! gronde-t-il en me montrant un post-it accroché au frigo.

Je lis les deux lignes qui y sont écrites : « sourire au moins une fois par jour » et « apprendre à m'ouvrir aux autres ».

Inexplicablement, mon estomac fait une chute dans le vide.

— Merde !

C'est la seule chose que je trouve à dire. Stan soupire tristement.

— Tu as parfaitement résumé la situation, Hunter. Avec Brad, on est tombés dessus en rangeant les boissons qu'on avait ramenées de la maison. Ce pense-bête, c'est juste…

Je l'interromps avant qu'il prononce le mot.

— … Ouais.

Je n'ai pas besoin de lui pour savoir que c'est triste et injuste. Rien que de penser à ce que doit traverser Caleigh et à ce que j'ai pu lui faire subir, je me dégoûte moi-même. Je crois que je ne me suis jamais senti aussi mal de ma vie. Maintenant, je comprends pourquoi il faut que ce soit moi qui aille lui parler. Au bout d'un moment, je hoche la tête à l'attention de mes amis super bizarres, mais tellement fins psychologues. Moi par contre, je suis un pauvre con… mais un pauvre con qui doit essayer d'apporter un peu de chaleur à Caleigh, à défaut de pouvoir réparer le mal déjà fait. Au moment où je pose la main sur la poignée de la porte, Stan m'arrête.

A tes souhaits…

— Ne lui dis rien à propos du mot.

— OK. De toute façon, j'en avais pas l'intention.

Il me sourit, un peu tristement tout de même.

— C'est bien. Tu apprends vite, jeune Padawan.

J'émets un petit ricanement amer et sors rejoindre Caleigh.

-22-

Caleigh

J'écrase rageusement mon mégot dans le pot de fleurs rempli de sable et allume une autre cigarette dans la foulée.

Je me sens à la fois honteuse et en colère. Honteuse, parce que j'ai abandonné ces trois hommes charmants dans le salon, à table, et sans aucune explication. En colère parce que j'ai craqué, j'ai pleuré devant mes invités. Encore que si on y réfléchit bien, ils se sont imposés chez moi.

Voilà, maintenant je m'en prends intérieurement à Brad et Stan, alors qu'ils sont absolument adorables et si on excepte leur interrogatoire, ils ont tout fait pour me mettre à l'aise. Bravo, je ne pouvais pas faire pire !

Par contre, en ce qui concerne Hunter, je ne sais pas encore dans quelle case le ranger. Il est tellement déroutant, tantôt glacial, tantôt abominable et ce soir, j'ai découvert qu'il pouvait être charmant et amical. Mais avec tous ces changements d'humeur, comment savoir qui il est véritablement ? Encore faudrait-il que j'aie envie de le savoir.

De toute façon, à quoi bon se donner tout ce mal puisqu'au mieux nous ne serons jamais que des amis, rien d'autre. Non pas que je trouve cela regrettable une seule seconde. C'est la vie… et puis, je ne peux rien y faire, il joue pour l'autre équipe.

Je tire une bouffée sur la cigarette et en exhale la fumée. Immédiatement après, la sensation familière de soulagement m'envahit. J'en avais besoin car après les questions de Brad, je ressens plus que jamais le besoin de décompresser. Bien sûr, je ne lui en veux pas, il ne pouvait pas savoir.

— C'était donc ici que tu te cachais.

Je sursaute et réprime aussitôt un grognement agacé. Je n'ai pas entendu Hunter arriver et je n'aime pas être surprise. De plus, je peux dire adieu à ma tranquillité.

— Oui. En même temps, c'était pas très compliqué : j'ai dit que j'avais besoin d'air. Visiblement le message n'est pas bien passé !

D'accord, je l'avoue, je ne suis pas super agréable avec lui et j'imagine que s'il est sorti pour me rejoindre, c'est qu'il s'inquiète pour moi. Du moins, j'imagine que c'est le cas. Et bien que ça me défrise de l'admettre, il se peut que cela me fasse plaisir… un petit peu ?

Je tire à nouveau sur la cigarette, faisant rougir vivement l'extrémité. Pendant une fraction de seconde, j'aperçois le beau visage d'Hunter et son regard à présent soucieux.

Mince ! On croirait presque ma mère !

Je me prépare donc à une pique moralisatrice, j'y suis habituée – les non-fumeurs ne peuvent s'empêcher de me faire le coup à chaque fois.

— C'est pas bien de fumer.

Je ricane à sa réplique merdique, d'habitude les gens sont un peu plus créatifs question reproches. Je finis tout de même par hocher la tête avant de me dire que ce geste ne sert à rien puisqu'il ne peut pas me voir, vu la pénombre environnante.

— Merci, je suis au courant. Néanmoins, si tu pouvais éviter de te prendre pour ma mère à l'avenir, ça m'arrangerait.

— Crois-moi, ce n'est absolument pas mon intention, rétorque-t-il avant d'attraper ma cigarette d'un geste vif et précis.

Il la porte à sa bouche sous mon regard médusé et en prend plusieurs bouffées, pas gêné le moins du monde. Finalement, il est plus sympa que ce que j'avais cru. Ceci dit, ce n'est pas difficile puisqu'il a arrêté de me gueuler dessus pour un oui ou pour un non. De ce fait, même s'il était le type le plus ennuyeux du monde, son brusque changement d'humeur me le rendrait sympathique.

— Ça va, toi ? me demande-t-il gentiment.

— Ouais. Je survivrai.

Il me rend le reste de ma cigarette que je m'empresse de

fumer. Hunter émet alors un petit rire. Étrangement, ce son vibre dans tout mon corps – l'obscurité certainement : la nuit, tous les bruits sont décuplés.

— Tu m'en diras tant, se moque-t-il. Vu la vitesse à laquelle tu viens de la griller, il est clair que tu te sens vraiment *très* bien.

Son sarcasme lui vaut un coup de coude dans les côtes. Il ne moufte même pas.

Ouais. En gros, il fait tout pour me faire enrager.

Le silence s'installe de nouveau entre nous. Je crois que ni l'un ni l'autre ne ressentons le besoin de parler – non pas que je m'en plaigne, c'est juste un peu étrange. Comme si nous avions convenu d'une trêve. C'est… apaisant. Un peu flippant, aussi. Me trouver là, dans le noir, aux côtés d'un homme – super sexy, pour ne rien gâcher – avec lequel je ne m'entendais absolument pas il y a tout juste quelques heures, semble un peu surréaliste et encore, c'est loin de l'être autant que l'effet de sa présence sur moi. Je devrais être méfiante, mais ce n'est pas le cas.

Pourtant, les psychopathes peuvent aussi être sexy, non ?

Ce que je sais en revanche, c'est que je suis à l'aise, presque apaisée et j'imagine que lorsqu'on se prend la tête avec quelqu'un comme nous l'avons fait à chaque fois que nous nous sommes croisés, les choses ne devraient pas se passer comme cela… pas si bien.

Arrête de te faire des films ! Il est juste venu aux nouvelles, c'est la moindre des politesses. Tu sais très bien que sorti de ça, tu ne l'intéresses pas !

Merci la voix de la raison. Toujours le chic pour se focaliser sur l'essentiel.

Pendant les quelques secondes qui suivent, je cherche désespérément un sujet de conversation, histoire de briser cet étrange tête à tête, mais rien ne vient. En même temps, vu comme je ne suis pas habituée à socialiser, ce n'est pas très étonnant. Je pourrais très bien moi aussi lui poser des tas de questions et ce serait un juste retour des choses, mais douée comme je suis avec les êtres humains, j'ai bien peur de ne pas savoir par où commencer.

— Il te manque, parfois ?

Bravo, Caleigh ! T'en as d'autres comme ça ?

Eh bien, eh bien, on peut dire que je fais dans la dentelle… avec un peu de chance, je recevrai une récompense pour ma propension à mettre les pieds dans le plat, et je ne parle même pas de mes questions débiles qui ont le don de plomber l'ambiance. Quoiqu'il en soit, Hunter ne s'en formalise pas. C'est déjà ça.

— Oui, tous les jours, me répond-il immédiatement.

Je remarque qu'il n'a pas l'air d'éprouver de difficulté pour parler de ça : la mort de son ami. Plissant les yeux, je tourne mon visage dans sa direction. Pour je ne sais quelle raison, sa réponse m'interpelle.

— Comment fais-tu pour supporter ça ? Je veux dire, j'en

suis encore à pleurer à chaque fois que quelque chose me ramène au souvenir de ma sœur…

Hunter toussote, finalement, je le gêne peut-être avec mes états d'âme. Et si sans m'en rendre compte j'avais dépassé les bornes ? Et s'il ne voulait tout simplement pas y répondre ? Non, il devait simplement être en train de réfléchir car il finit tout de même par dire :

— Je ne sais pas… il y a encore des jours où je suis plus triste que d'autres, bien sûr. Mais je me dis que de toute façon, me morfondre ne le fera pas revenir. Et puis, je pense qu'il n'aimerait pas me savoir au trente-sixième dessous.

— Je voudrais être capable d'en faire autant, dis-je dans un souffle.

— Ça viendra, assure-t-il avec une gentillesse qui me serre le cœur.

Je me sens à nouveau au bord des larmes et comme si cela ne suffisait pas, malgré l'obscurité régnant dans le jardin, Hunter semble s'en apercevoir.

Je suis pathétique.

— Hé…, dit-il en venant se mettre face à moi. Je te jure que ça viendra.

Je hoche désespérément la tête.

— J'espère que tu dis vrai parce que…putain ! Je suis incapable de passer devant sa chambre sans me mettre à pleurer. Ça fait deux semaines que je suis là et je n'ai même pas encore trouvé le courage d'y entrer. Pourtant, à un moment, il va bien falloir que je mette de l'ordre dans ses affaires, que je range, que je trie…

Je fonds en larmes – une nouvelle fois.

Encore ?

Je crois que jamais je ne serai capable de passer au-dessus de ça et cela me tue.

Hunter fait alors un geste auquel je ne m'attends pas : il essuie mes larmes. Je me fige sous la sensation de ses doigts sur mon visage. Ils sont doux et chauds malgré la fraîcheur ambiante et je ne peux m'empêcher de frissonner. Sa voix grave résonne à nouveau.

— Ça me l'a fait, au début. Je ne pouvais pas aller à son étage sans me sentir dévasté et par-dessus tout, je ressentais un immense vide. Casey et moi, on se connaissait depuis l'enfance. On a tout fait ensemble, on était inséparables. La preuve, on vivait ensemble, en colocation. Ça a été dur de ne plus le voir tous les jours.

— Tu devais beaucoup l'aimer…

Il s'éclaircit la gorge une nouvelle fois et sa voix est légèrement voilée lorsqu'il me répond :

— Oui, profondément.

Je lâche un soupir tremblant, ma tristesse ravivée par celle que je perçois derrière ses mots. Je prends conscience de la douleur qu'il a dû ressentir : c'est la même que la mienne.

C'est injuste !

— Parle-moi d'elle, s'il te plaît.

Sa question me surprend et bien que ce soit dur, je lui réponds sans hésiter. Je lui parle de Sash, du fait qu'elle était la meilleure sœur de l'univers, qu'elle était douce, gentille et la fille la plus optimiste au monde. Toujours souriante. La première à répondre présente pour aider les autres. Je l'admirais, tout simplement.

— Je comprends mieux pourquoi Casey a eu le coup de foudre, murmure-t-il.

Étrangement, ces mots me font l'effet d'un baume apaisant. Pourtant il n'a rien dit d'extraordinaire en soi, mais cette remarque me rend inexplicablement heureuse. J'espère qu'un jour, il me parlera de Casey. Je n'ai pas eu le temps de le connaître et j'aimerais bien apprendre à le faire à travers les mots et les souvenirs de son meilleur ami.

Une bourrasque de vent presque glacial me surprend et je frissonne. Hunter m'attire alors face à lui. Aussitôt, je suis enveloppée de chaleur. La sienne.

Habituellement, je ne suis pas tactile, du moins pas autant que je crois qu'il est normal de l'être. C'est pour cette raison, sans parler du fait que cela ne m'est pas arrivé depuis longtemps, que son étreinte (bien qu'efficace contre le froid et plutôt agréable) m'ébranle au plus profond.

Seigneur ! Pourquoi faut-il que cet homme soit gay ?

Je hume son parfum sans pouvoir m'en empêcher. Dans ses bras, je commence même à me sentir mieux que ces dernières semaines. Waouh, c'est étrange… déroutant, même. Il resserre ses bras autour de moi et je finis par soupirer de contentement, comme si ma place était là. Et alors que je pensais ne pas pouvoir être plus surprise par cet homme, il pose son menton sur le sommet de ma tête. Maladroitement, j'entoure ses hanches de mes bras.

Waouh… je pourrais rester ainsi pendant des heures.

— Ça va aller, Caleigh. Je te le promets.

Moi, je n'en suis pas aussi sûre. Mais puisqu'il me le dit, je le crois. J'ai envie de le croire. Parce que c'est bon de se sentir comprise.

Au bout d'une éternité, et Dieu sait que j'aurais voulu qu'elle se prolonge, nos corps se détachent et nous retournons chacun dans nos bulles, bien à l'abri derrière nos zones de confort, là où personne ne peut nous atteindre. Mais dans le même temps, une espèce de déception s'empare de moi. Le moment est mal choisi pour faire preuve de mièvrerie, mais la distance entre nous m'apparaît soudain juste insupportable. Nous ne prononçons pas un mot, c'est inutile puisque nous nous regardons. C'est une sensation étrange et, traitez-moi de folle si vous voulez, j'ai l'intime conviction que ce moment marque un tournant dans notre relation.

Honnêtement, je n'ai aucune idée de la direction qu'elle va prendre, tout ce que je sais c'est que je suis déstabilisée par ce début de lien entre nous. Je souris et je *sens* qu'il en fait de même de son côté.

Mon Dieu, c'est affolant : c'est comme si lui et moi

savions parfaitement ce qui se passe dans la tête de l'autre !

J'ai soudain envie de rentrer chez moi, il le comprend et m'attrape par la main afin de m'emmener rejoindre les autres.

-23-

Hunter

La note vue sur le frigo de Caleigh alimente la plupart des conversations entre mes colocataires et moi. Brad et Stan, qui se sont rapidement pris d'affection pour elle, sont plutôt inquiets. Quant à moi, je crois que je ne suis pas loin de rejoindre leur avis. À la fin de la semaine, nous tombons donc d'accord sur le fait qu'il faut remédier à cet état de solitude profond dans lequel elle s'est perdue. Ce genre de réaction – décider d'une mission de sauvetage – peut sembler normale venant de mes colocataires au grand cœur, en revanche, c'est plutôt inattendu de ma part. Et ce qui l'est plus encore, c'est de m'être laissé convaincre si facilement d'y participer.

Étant le genre de mec qui pense que les gens peuvent se démerder seuls, je reste toujours à bonne distance de tout ce qui s'apparente de près ou de loin à ce que j'appelle des séquences émotions. Avec les sentiments, on finit toujours par s'attacher. Et la dernière fois que j'ai commis un délit d'attachement, je m'en suis mordu les doigts.

Jusqu'ici, il était hors de question que je m'ouvre de nouveau à ça. Sauf que, allez savoir pourquoi, lorsqu'il s'agit de Caleigh ; je me sens l'âme d'un des gars de la *A- Team*[7], version guimauve. Ça m'énerve un peu, mais j'ai envie de la faire sourire et de lui donner l'envie d'aller vers les autres. J'ai beau ne la connaître que depuis quelques jours, il n'en reste pas moins qu'instinctivement, je sais que c'est ce qu'elle mérite.

Allons bon, me voilà en train de me transformer en un truc trop sucré… c'est bien ma veine.

Je passerai sur le fait que dans ma tête, toutes les alarmes se sont mises à gueuler et qu'une voix me hurle dans un gigantesque haut-parleur de rester loin de cette fille, même si elle est super jolie et méga bonne. De toute façon, je ne vois pas ce qui dérange ma conscience : j'ai la tête sur les épaules et je ne prends pas de risque pour rien. Merde alors.

Après avoir posé mon veto sur « gay to smile » en référence à « go to smile »– les mecs sont gentils, mais là, c'était un peu trop– nous décidons donc, les gars et moi, que l'opération s'appellera « Hello Sunshine » et qu'elle commencera demain. Reste encore à définir le rôle de chacun et surtout comment nous y prendre.

---

7 L'agence tous risques, en français, série américaine diffusée sur NBC dans les années 1980.

Maddie D.

2 mars 2015

Jour 1 de l'opération « Hello Sunshine ».

Comme je le supposais – et bien que Brad et Stanley m'aient soutenu le contraire – c'est moi qui m'y colle. Allez savoir pourquoi, j'ai impression qu'il en sera de même pour les jours suivants. Bon, OK. Ce n'est pas la mort non plus et prenez ça comme vous le voulez, mais je pense que je mentirais si je disais que je ne suis pas content d'être en première ligne. Caleigh est une femme superbe et je crois avoir connu des épreuves bien pires. Alors, oui, l'idée de passer un peu de temps avec elle me plaît bien.

Mes colocataires m'ont donné son numéro de téléphone et je compte bien m'en servir. Malheureusement, il va me falloir attendre un peu : j'ai un boulot monstrueux à effectuer pour Di Marco que je ne peux pas me permettre de remettre à plus tard.

En attendant d'en avoir fini, j'appelle Moe, mon fleuriste habituel, pour une commande spéciale qu'il fera livrer chez Caleigh, accompagnée d'une carte.

Je passe donc la majeure partie de la matinée à me demander

si elle a apprécié le geste. Et d'ailleurs, est-ce qu'elle aime les fleurs ? Toutes les femmes aiment les fleurs, d'après ce que je sais. En attendant, elle ne m'a pas appelé pour me remercier alors que j'ai noté mon numéro sur la carte et que j'ai appelé Moe au moins dix fois pour vérifier qu'il les avait bien livrées à la bonne adresse…

Arrivé à ma pause déjeuner, je ne tiens plus. Le fait qu'elle n'ait pas donné signe de vie ni même pris la peine de me remercier m'agace au plus haut point. Pour ces raisons et pas parce que je m'inquiète pour elle, j'attrape mon smartphone et lui écris un SMS.

Moi : Salut. C'est Hunter, ça va ?

J'attends et… rien. Pas de réponse. Nada. Peanuts. Pendant une demi-heure, mon téléphone reste désespérément muet. Je finis même par vérifier que je ne me suis pas trompé de destinataire, mais non, j'ai bien envoyé mon message à Caleigh. Je retourne au bureau passablement énervé, pestant à propos d'elle et de cette fichue opération « Hello Sunshine ». Je savais que je n'aurais pas dû me laisser embarquer là-dedans par mes colocs. Après tout, on ne connaît pas vraiment cette fille !

Mon téléphone choisit de vibrer juste à cet instant. Un coup d'œil à l'écran m'apprend qu'il s'agit de Caleigh. Je lève les yeux au ciel en murmurant un « eh bien, mieux vaut tard que jamais » énervé. Oui, je suis de mauvais poil.

Maddie D.

Elle : Ça va bien. Merci.

Elle : Au fait, les horreurs sont magnifiques.

Les horreurs ?

J'écarquille les yeux. Putain, si ça se trouve, elle n'aime pas les fleurs… ou alors elle fait partie de ces gens qui préservent à tout prix la nature, ou quelque chose comme ça.

Une nouvelle vibration m'indique un autre message.

Elle : Pardon. Les fleurs ! Je voulais dire les fleurs !

Soulagé et ravi de m'être trompé– et qu'elle ait apprécié le bouquet– je souris jusqu'aux oreilles. Il faudra que je pense à remercier Moe lorsque je passerai chez lui à 16 h, juste avant ma visite quotidienne à Colma. J'imagine que je croiserai certainement Caleigh là-bas. Peut-être que je devrais lui proposer qu'on y aille ensemble. Non, c'est une idée stupide et en plus, ça ne ferait que confirmer à ses yeux mon soi-disant penchant limite nécrophile. On a déjà vu beaucoup mieux question réputation. Du reste, je suis censé la faire sourire, pas la faire fuir.

Moi : Qu'est-ce que tu fais ?

Elle : Je geins. Et toi ?

Moi : Pas compris…

A tes souhaits...

Elle : Ben, je geins quoi ! Bouture, chevalier…ça te parle ?

Moi : …Nan

Puisque je ne comprends pas un traître mot de ce qu'elle me raconte, je décide de l'appeler. Elle décroche après plusieurs sonneries.

— Tu m'expliques ?

— Quoi ?

— Ce que tu fais ! J'ai rien compris à ce que tu me disais.

— C'est pas vrai…, marmonne-t-elle sur un ton agacé. Je peins. Ce qui sous-entend que je me sers d'un pinceau sur une toile posée sur un chevalet et que j'utilise de la peinture, Hunter, je ne vois pas ce qui est difficile à comprendre ! T'as bien dû faire ça au jardin d'enfants, non ?

OK. Cette imbécile s'est servie du contrôle vocal de son téléphone pour répondre à mes textos. Bien sûr, elle n'a pas vérifié le contenu de ses messages. D'où le fait qu'elle ne comprenne pas que je ne comprends pas.

— T'as pas tapé tes SMS ?

— Nan. J'avais les mains prises, grommelle-t-elle. Pourquoi ?

— Jette un œil à tes messages, Caleigh.

J'entends qu'elle s'agite et d'autres bruits encore, ce qui

210

me fait supposer qu'elle est sortie. Elle a dû se trouver un coin sympa pour gribouiller. J'attends patiemment qu'elle ait constaté les bêtises qu'elle m'a envoyées.

— Pourquoi est-ce que tu veux que… Oh !

Elle se met à rire sans pouvoir s'arrêter. Le plus joli son que j'ai jamais entendu. Je sens alors un sourire étirer mes lèvres en réalisant que, sans le vouloir, j'ai rempli ma mission du jour. Mes colocs seront aux anges lorsque je le leur raconterai en rentrant. Pas sûr qu'ils soient capables d'en faire autant, aussi vite. Dans ma tête, la foule est en délire et acclame votre serviteur, le héros du jour… Hunter, le magicien, celui qui redonne le sourire plus vite que son ombre. Pour le coup, je laisse mon égo gonfler démesurément mais après tout, je viens d'accomplir un exploit.

J'entends toujours le rire de Caleigh, elle a l'air soudainement si joyeuse. J'en viens à regretter de ne pas être avec elle, j'aimerais pouvoir observer son visage que je ne connais pas autrement que sérieux ou anxieux. Je ferme les yeux un instant et me prends à l'imaginer radieuse, je suis presque sûr que son sourire ressemble à celui de sa sœur. Une étrange sensation de plénitude victorieuse m'envahit, semblable à celle d'avoir réussi à accomplir quelque chose qui semblait impossible. Eh ouais, je suis tout simplement heureux d'entendre qu'elle est heureuse.

Au bout d'un moment, elle finit par se calmer et vous savez quoi ? J'en suis presque déçu.

— Je suis désolée Hunter, je n'ai pas vérifié ce que

j'envoyais. Pas étonnant que tu n'aies rien compris !

— Pas grave. C'était marrant.

— Oui ! confirme-t-elle en réprimant un nouveau rire.

Le silence retombe entre nous et s'éternise. Je n'ai pas vraiment envie de raccrocher, c'est plutôt sympa de discuter avec elle – encore que nous n'ayons pas dit grand-chose. Quelques secondes passent sans qu'aucun de nous ne vienne briser le silence juste troublé par l'océan en bruit de fond.

J'avais donc raison, elle est bien dehors. Du coup, cela me donne une opportunité de rebondir sur un nouveau sujet.

— T'es où ?

— Au Golden Gate. J'avais envie de peindre ce coin-là. Et avec le temps dégagé, les différentes lumières du panorama sont magnifiques, s'exclame-t-elle, soudainement très enjouée.

— Tu sais, je connais d'autres endroits superbes à San Francisco. Je pourrais t'y emmener, si tu veux...

— Euh... oui. Oui, OK. dit-elle sur un ton hésitant.

À cet instant, je la vois presque se retrancher derrière l'armure dont elle ne se départit pas depuis que je la connais. Elle joue à nouveau la carte de la distance, retour en arrière. Toutefois, j'ai réussi à découvrir une faille dans sa Muraille de Chine et à m'y engouffrer une fois. À mes yeux, cela ne signifie qu'une seule chose : il est possible d'atteindre Caleigh et de la faire sortir de sa coquille. D'accord, il faut s'armer de patience et de courage – et aussi ne pas craindre les morsures et griffures en tous genres.

Si je me sentais l'âme d'un poète, je pourrais comparer cette nana à une rose protégée derrière un buisson de ronces. Je préfère dire qu'elle me fait penser à un petit chat sauvage duquel on doit s'approcher avec circonspection et douceur si l'on veut l'apprivoiser. Et même si je ne suis pas particulièrement attiré par les félins, celui-ci m'intrigue tout autant qu'il m'attire irrépressiblement.

Pour le moment, je ne sais que penser de cela, pas plus que de l'attitude à adopter. Je ne sais pas si je suis curieux ou si elle représente un défi à relever… ou tout autre chose. Tout ce dont je suis sûr, c'est que j'ai envie d'aller vers elle, point barre.

Pour le reste, j'y penserai plus tard.

A tes souhaits...

-24-

Caleigh

8 mars 2015

Je n'en reviens pas de voir à quel point ma vie a été chamboulée ces derniers temps. Je socialise. Moi ! Sasha aurait aimé voir ça et elle aurait sans doute adoré les gars.

La soirée improvisée à la maison a été riche en émotions, mais lorsque Hunter et moi sommes retournés dans le salon, Brad et Stanley se sont évertués à faire disparaître mon humeur morose. Ils sont tellement adorables et drôles ! Quant à Hunter, je ne sais toujours pas quoi penser de lui : depuis ce soir-là, il ne se comporte plus comme le dernier des abrutis, au contraire, il se montre gentil, prévenant et compréhensif. En fait, je crois que je l'aime bien.

Ce ne sont pas tant les bouquets magnifiques qu'il me fait livrer depuis quelques jours qui m'amènent à cette conclusion, que les conversations que nous avons. D'accord, pour le moment tout s'est passé par téléphone mais ça reste tout de même très plaisant.

Pour être totalement honnête, je commence à ressentir une espèce de légèreté, comme si la douleur liée à la perte de ma sœur était brusquement devenue un peu plus supportable. Je sais que Hunter et ses colocataires ne sont pas étrangers à ce nouvel état de fait. Parfois, je me fais la réflexion qu'il porte bien son nom. Il m'appelle au moins une fois par jour et nous discutons, du moins il m'écoute parler. La plupart du temps, j'évoque mes relations avec ma famille, mes souvenirs avec Sasha ou tout simplement le rêve que j'ai fait la nuit précédente. Et juste ça, le fait de parler et qu'il m'écoute me fait du bien.

Aujourd'hui, je n'arrive pas à tenir en place, une vraie gamine ! Il y a un peu moins d'une semaine, Hunter m'a proposé de me montrer des coins sympas pour peindre ou prendre des photos. Il ne se doute pas à quel point j'ai été touchée qu'il m'en parle. Je ne connais que le San Francisco touristique et même si certains spots sont absolument fabuleux, je cherche plus d'authenticité.

À cette occasion, j'ai fait un petit effort vestimentaire. Je sais qu'on va marcher, il était donc hors de propos de porter des chaussures inconfortables : j'ai donc opté pour ma paire de baskets préférée. Toutefois, parce que j'avais envie d'être un peu féminine, j'ai porté l'accent sur un joli chemisier jaune, il ira très bien avec ma veste en denim. Je me suis attaché les cheveux en une espèce de chignon lâche d'où s'échappent des mèches folles et ai ajouté une touche de rose sur mes lèvres.

Je compte les minutes qui me séparent du moment où il doit venir me chercher. Les colocs fêlés seront avec lui, d'après ce qui est prévu. Ça promet un sacré dimanche !

Un sourire vient étirer mes lèvres et ne semble plus vouloir s'effacer. On dirait que j'ai réalisé un de mes souhaits ou du moins, c'est le chemin que ça prend. On dirait aussi que j'ai des amis…

Je ris toute seule cette fois, juste parce que je m'aperçois que je n'ai pas vu venir le moment où j'ai laissé ces trois mecs entrer dans ma vie… et voilà, c'est fait et finalement ça n'a été ni difficile ni douloureux. Du coup, j'aurai des tas de choses positives à raconter à Sash, à ma prochaine visite au cimetière. Je me prends à imaginer qu'elle serait heureuse de voir que je commence à m'ouvrir aux autres. À cette pensée, je sens ce pincement au cœur si caractéristique mais c'est tellement moins douloureux et surtout, mon sourire ne se barre pas en courant.

Est-ce que ça veut dire que je vais mieux ?

Hunter

Jour 6 de l'opération « Hello Sunshine ».

— Non, je ne suis pas d'accord, Hunter ! Superman n'est pas le plus grand héros de tous les temps et Thor non plus, d'ailleurs.

Elle m'agace ! C'est pas possible ce qu'elle m'agace !

— Non mais attends ! Comment tu oses mélanger les univers ? Et d'abord, qu'est-ce que t'y connais, toi, en tant que femme, à part qu'ils sont vachement beaux à l'écran ?

— Mais qu'est-ce que tu crois ? Il n'y a pas que les garçons pour lire des comics. Et puis on s'en fout de mélanger DC et Marvel. Moi, ce que j'en dis, c'est que le mythe de l'homme d'acier au sommet de la pyramide des super-héros, je suis désolée mais moi ça me fait rire. Et pareil pour le fils d'Odin !

— Vas-y, explique ta théorie, puisque tu es si sûre de toi !

Évidemment, je suis un poil énervé. Caleigh ne peut pas remettre en question la hiérarchie des super-héros, elle ne le peut pas ! Personne ne le peut. Je m'arrête de marcher et la regarde, les bras croisés.

Elle se marre, j'y crois pas !

Non mais, ce n'est pas possible de ne douter de rien à ce point ! Je la fusille méchamment du regard et l'instant d'après elle redevient sérieuse. Je suis sûr qu'elle continue de se foutre de ma gueule intérieurement, cette peste.

— OK. Si j'arrive à te prouver que j'ai raison, je gagne quoi ? reprend-elle.

Ah, ah... les choses se corsent !

Caleigh me lance un regard plein de défi, en venant se poster face à moi, en plein milieu de ce pont du Japanese Tea Garden, où je l'ai emmenée. D'accord, l'endroit est touristique mais totalement dépaysant et je réserve la partie authenticité pour plus tard.

Je réprime un sourire en la voyant plantée devant moi, ses petits poings sur les hanches, prête à en découdre. De toute façon, j'ai raison, elle a tort, point. Et aucune de ses théories fumeuses ne me fera changer d'avis : Superman est le big boss côté super-héros, on ne peut pas revenir là-dessus.

Toutefois, je veux bien jouer avec elle. Je prendrai d'autant plus de plaisir à démonter ses arguments un à un.

— OK, fillette (je manque de pouffer de rire devant son air offusqué lorsque je l'appelle ainsi). Si tu as raison, tu gagnes le droit de faire un portrait de moi. Photo ou peinture, au choix. De toute façon, le rendu sera à la hauteur du modèle, lui dis-je en lui offrant un beau sourire auquel elle répond en levant les yeux au ciel.

Intérieurement, je suis hilare.

J'aime bien cette fille : elle est gentille, intelligente, sensible, super jolie et tout et ça me fait hurler de rire de la pousser dans ses retranchements. À tous les coups, elle finit par s'énerver et c'est tellement mignon ! Ne dites à personne que j'ai utilisé ce terme en parlant d'elle. Bref, nous sommes amis et c'est cool.

J'avoue que c'est un peu bizarre mais je me suis assez rapidement fait à cette idée. J'adore passer du temps avec elle, discuter de tout et de rien, me chamailler avec elle pour des broutilles – elle a non seulement un caractère de merde mais elle le combine avec une dose de mauvaise foi impressionnante. Même pour moi.

— Je me serais doutée que tu allais mettre en avant ton narcissisme surdéveloppé, Hunter, rétorque-t-elle, blasée.

— Attends, je n'ai pas fini, Miss Ronchon ! Tu ne sais pas encore le meilleur…

— Quoi donc, Monsieur J'ai tellement la grosse tête que je ne peux plus passer le seuil de ma porte ? dit-elle en mimant des guillemets à l'aide de ses doigts. Note bien que j'ai eu peur que tu restes coincé sous la Grande Arche à l'entrée.

Je plaque mes mains sur mon ventre comme si je venais de recevoir un coup particulièrement douloureux et fatal, me laisse tomber à genoux et roule sur le dos, les yeux fermés. À tout cela, j'ajoute bien sûr moult gémissements exagérés.

— Pourquoi tant de haine, Caleigh-chou ?

— Putain, Hunter ! Relève-toi, gronde- t-elle. Tout le monde nous regarde !

J'ouvre un œil et constate qu'elle est rouge de honte. Eh bien ! La suite risque de lui plaire encore plus…

Pour faire bonne figure, je me relève et époussette mon jean en lui lançant un regard faussement contrit. Bien sûr, comme je m'y attendais, elle bougonne de plus belle.

Est-ce que j'ai dit que j'adorais cette fille ?

— Bon. C'est quoi ton truc en plus du portrait ?

— Tu ne devines pas ? Je te pensais plus perspicace… enfin, j'imagine qu'on ne peut pas avoir raison à tous les coups. Pour ton information, il s'agit d'un portrait de moi… à poil !

Elle manque de s'étrangler de surprise.

— Je savais que ça te plairait, Caleigh-chou. Je suis sûr que tu ne rêves que d'immortaliser mon corps d'athlète, petite coquine. Et si tu perds, c'est-à-dire que j'arrive à démonter ton argumentaire en trois secondes… bon, dans ma grande mansuétude, je te laisserai accrocher cette œuvre absolument sublime dans ton salon *mais* tu devras me faire la cuisine pendant une semaine ou… te prosterner devant moi. Au choix !

Sur ce, j'entoure ses épaules d'un bras et l'entraîne un peu plus loin dans le jardin japonais, absolument satisfait de ma connerie.

— Hunter ?

— Oui, Caleigh-chou ?

— Va te faire foutre.

Cette fois, je ne me retiens plus et je m'écroule de rire. J'adore envoyer des vannes à Caleigh mais là, je crois que je me suis surpassé. Ce qu'il y a de bien avec elle, c'est qu'elle n'hésite pas à me rembarrer et j'avoue que je suis fan.

C'est la première représentante du sexe opposé qui semble immunisée contre mon charme. Contrairement aux deux cinglés me servant de colocataires qui se sont brusquement trouvés une vocation de marieuses – raison pour laquelle ils sont lâchement partis se terrer dans le salon de thé du jardin, nous laissant seuls – je pense que Caleigh et moi sommes faits pour être amis et rien de plus.

N'importe quelle autre nana se serait pâmée rien qu'à l'idée d'une balade avec moi, mais pas Caleigh. Elle ne semble pas intéressée. Ou alors, elle est lesbienne. Ce qui expliquerait pourquoi ni les gars ni moi n'avons aucune information de ce côté-là.

Généralement, les gonzesses ont toujours en stock un ex et l'histoire pathétiquement triste à pleurer de leur rupture. Pas elle. Du coup, je me demande si elle est déjà sortie avec un gars ou si elle aime les filles. Quoiqu'il en soit, ça me va. Elle peut avoir la sexualité qu'elle veut, du moment qu'on continue nos conversations et qu'on traîne ensemble de temps en temps. Je détesterais perdre ce qu'il y a entre nous, non pas qu'il existe un quelconque « nous ».

Je toussote, un peu gêné par le fait d'être en train de me justifier auprès de moi-même. Je n'aime pas quand j'ai de drôles d'idées.

— Donc… tu allais me dire pourquoi tu n'es pas d'accord avec mon top des super-héros ?

Elle soupire d'un air las et rejette ses épaules en arrière, prête à défendre son point de vue. Mon bras est toujours autour d'elle, à la différence qu'il a migré vers sa taille fine.

J'adore la sentir près de moi.

Maddie D.

— Prenons l'exemple de Thor : sans son Mjölnir, il n'est rien. Bon d'accord, il se bat plutôt pas mal, il est bien gaulé et a indéniablement une belle gueule. Mais à part ça, on peut pas dire qu'il vaille plus qu'un gars qui va quotidiennement à la salle de sport.

C'est à mon tour de lever les yeux au ciel, il n'y a vraiment qu'une gonzesse pour sortir des trucs pareils. C'est bien ce que je me tue à dire : elles n'y connaissent rien. Caleigh reprend avec entrain, secouant un doigt docte dans les airs pour marquer son propos.

— Pour Superman : non seulement il a besoin du soleil pour recharger ses batteries – le jaune en plus, si c'est un autre, c'est mort – regarde, l'épisode avec Zhod. Pour couronner le tout, si tu lui balances un micro grain de Kryptonite verte, il meurt. C'est moche pour lui, tant de pouvoir réduit à néant par de la poussière... En revanche, si tu prends Iron-Man chez Marvel ou Batman chez DC : eux sont de simples humains mais grâce à leur intelligence et leur ingéniosité ils sont capables de rivaliser avec l'homme à la cape rouge et le dingue du marteau. C'est eux les vrais boss des super-héros !

Elle conclue sa tirade en me regardant d'un air satisfait.

— Et les autres ? Spiderman, Hulk, les Quatre Fantastiques… ?

— Génétiquement modifiés. Ça compte pas.

— Wolverine ?

— Nan. Laisse Wolverine et ses copains de côté.

— Pourquoi ?

— Parce que j'ai une théorie les concernant et qu'elle va briser tous tes rêves, Hunter chéri, m'apprend-elle en se dégageant de mon bras.

Je me fige, bouche bée, et la regarde s'éloigner d'un pas tranquille.

Putain, elle m'a scotché. Son explication était quand même bien construite, bien que totalement ridicule et dénuée de sens commun. Je reprends mes esprits et la rattrape en trois enjambées, bien décidé à lui prouver que je suis un grand maître des comics et elle, une petite joueuse.

— Si tu étais Superman et que pour sauver Loïs, tu avais le choix entre prendre le chemin derrière la porte avec la Kryptonite verte et celui avec la Kryptonite rouge ou dorée, lequel tu choisirais ?

— La dorée, quelle question ! Si j'étais à la place de Loïs, j'aimerais Clark avec ou sans pouvoirs. Satisfait ?

Putain, mais elle a vraiment réponse à tout !

Un peu vexé, je réfléchis déjà à notre prochaine sortie. Caleigh a gagné sur ce coup-là, mais qu'elle ne s'y habitue pas trop, elle fera moins la fière après la randonnée de dingue que je lui réserve.

-25-

Caleigh

16 mars 2015

Je me suis enfin décidée à m'occuper de la chambre de Sasha – enfin, disons plutôt que j'ai ouvert la porte et que je suis restée sur le seuil. Je pensais sincèrement que j'y arriverai, mais rien que l'idée d'y entrer me coupe la respiration et me donne des palpitations. D'après mes amis, et nous en avons longuement discuté, m'approprier les lieux ne signifie en aucun cas oublier ma sœur, mais c'est une étape nécessaire du processus de deuil. La cinquième : l'acceptation.

Depuis quelques jours, je me rends moins souvent au cimetière, du moins, plus quotidiennement. Au départ, je me sentais coupable, j'avais l'impression que je commençais à ne plus penser à ma sœur. Selon moi, j'étais devenue égoïste.

Il faut dire que lorsque je ne suis pas en train de peindre ou de photographier, je passe beaucoup de temps avec les gars et je m'amuse. Je ne compte plus les dîners chez les uns ou chez les autres, les sorties au ciné ou les simples balades. J'ai même commencé à apprendre à Stanley les bases de la photographie. Pour ne rien gâcher, il comprend vite, il est curieux et même plutôt doué. Si au début, lui donner quelques cours me semblait un peu étrange, aujourd'hui j'apprécie ce truc de transmission de savoirs – même si Stan s'amuse à m'appeler *« grand maître Jedi »*.

En un rien de temps et sans m'apercevoir de rien, je me suis remise à vivre. C'est pourquoi, lorsque j'ai pris conscience que je continuais à vivre ma vie en dépit de la mort de Sasha, je me suis sentie vraiment au-dessous de tout.

Ce jour-là, je suis restée chez moi et j'ai appelé Mal et mes parents. J'ai eu besoin de leur parler pour savoir si j'étais… normale. En réalité, je ne me sentais pas le droit de rire, chahuter ; sortir et tout le reste alors que ma sœur reposait six pieds sous terre à quelques kilomètres.

Et vous savez quoi ? Ils m'ont sermonnée. D'après eux, il était plus que temps que je recommence à vivre pour moi.

Après ça, j'ai beaucoup pleuré et j'ai mis un peu de distance entre les gars et moi. J'avais besoin de réfléchir à tout ça, il me fallait réussir à intégrer le fait qu'agir comme si tout allait bien n'était pas un crime.

Non, il n'était pas inscrit sur mon front que j'avais perdu ma sœur et les gens n'allaient pas me juger parce que je m'étais mise à aller de l'avant. J'ai aussi apprécié le fait que Hunter et les colocs cinglés – nous les appelons ainsi lorsque nous sommes tous les deux – m'aient laissé du temps.

Bien sûr je suppose que tous trois étaient inquiets, si j'en crois toutes les petites attentions qu'ils ont eues pour moi. En une semaine, j'ai reçu plus de fleurs que la femme du maire de New York au jour de son accouchement et je n'ai pas eu à me faire à manger une seule fois puisqu'apparemment mes repas étaient payés auprès de plusieurs restos du coin, qui me les ont livrés. Un matin, j'ai même reçu une compilation de films comiques. Sans oublier l'iPod et la playlist anti morosité et un énorme panier de fruits parce que, je cite les trois adorables gentlemen du quartier d'à côté, « c'est plein de vitamines et les vitamines c'est bon pour garder le moral au top. Évite le jus d'orange le soir. »

Comment ne pas les aimer ? Parce que c'est ça : je les aime, ils sont les meilleurs amis que j'ai eu – en même temps, remettons les choses à leur place : ils sont les premiers.

Du coup, si je dis qu'au bout d'une semaine, ils ont commencé à me manquer horriblement, vous comprendrez pourquoi.

Ils sont revenus chez moi hier et après un câlin collectif – sans Hunter.

La raison ?

Ce mec ne donne pas dans le câlin, sauf ce soir-là, il y a quelques semaines, dans mon jardin. Il est du genre à se mettre en retrait et se contenter de m'observer avec un sourire en coin absolument craquant.

A tes souhaits...

Et donc, après ce câlin collectif, nous avons eu cette discussion sur le deuil et ses étapes. J'ai pleuré. Encore. J'ai l'impression de n'être bonne qu'à ça depuis des mois et encore plus depuis une semaine. Et d'après les colocs cinglés qui se la jouent psys depuis quelques temps, c'est ce qui arrive lorsqu'on est sur le point de « tourner une page du grand livre de la vie ». Devant leur mine ultra sérieuse, façon philosophes grecs, je n'ai pas pu me retenir de rire.

C'est pile à ce moment-là que j'ai décrété qu'il était temps pour moi de mettre de l'ordre dans les affaires de ma sœur. Les gars m'ont accompagnée au cimetière pour que je puisse le lui dire. Et bizarrement, lorsque nous sommes repartis de Colma vers San Francisco, je me sentais plus légère.

Enfin ça c'était hier, parce que là, coincée sur le seuil de la chambre de Sasha, toutes mes bonnes résolutions se sont tirées en même temps que ma bonne humeur. C'est bien simple, je ne peux pas faire ça, je ne peux pas vider cette pièce de ses affaires. J'aurais l'impression de faire comme si elle n'avait jamais existé.

Je balaie la pièce des yeux, le lit est défait, sur la table de nuit est posé le livre qu'elle lisait à ce moment-là, des vêtements sont empilés sur une chaise ; une paire de chaussures traîne dans un coin. S'il n'y avait pas cette couche de poussière recouvrant les meubles, on pourrait croire que ma sœur est encore là.

Je finis par pénétrer dans la pièce après une profonde inspiration destinée à me donner du courage et m'arrête au milieu de la chambre. Par où commencer ? Cette question tourne en boucle dans ma tête tandis que mes yeux cherchent une réponse. Peut-être les vêtements ? À cet instant, je m'aperçois que je n'ai pas pensé à monter des cartons. Ou alors les photos ? Oui c'est ça, c'est bien. En plus, il n'y en a pas beaucoup. Ça ira vite et je pourrais les poser sur un des meubles, en bas.

Je m'avance vers la commode et soulève un cadre recouvert d'une couche de saleté. Aussitôt les fines particules de poussière se soulèvent, pour me faire éternuer. Je jette un œil sur l'image que je tiens et souris tristement : ce cliché a été pris le jour de la remise des diplômes de ma sœur, c'est moi qui tenais l'appareil photo tandis qu'elle posait, tout sourire entre nos parents. Elle était sortie major de sa promo, bien sûr.

Dans le cadre à côté, elle est avec ses collègues devant l'hôpital où elle travaillait. La voir autant entourée me rappelle que Sash était du genre à attirer les gens à elle avec son sens de l'humour, sa gentillesse et bien sûr son physique des plus avenants.

Sur une autre photo, elle apparaît à l'âge de quinze ans, souriante comme à son habitude. Soyons clairs : bien sûr, elle a eu comme tout le monde ses moments grognons et parfois elle a poussé jusqu'à être chiante au possible, mais les trois quarts du temps Sasha était du genre Miss Perfection. J'avoue avoir trouvé un peu pénible le fait d'être dans son ombre : pas de sourire Ultrabrite pour moi, j'étais du genre sourire d'acier et une publicité vivante pour les lotions destinées aux peaux jeunes à problèmes – et croyez-moi en disant cela, on est bien loin du compte.

Lorsque je contemple le dernier cadre photo, j'arrête de respirer et très vite mes yeux s'emplissent de larmes prêtes à déborder. Ma gorge se serre un peu plus lorsque j'effleure délicatement cet instantané qui semble dater d'il y a des millions d'années : nous deux, soufflant en riant sur des aigrettes de pissenlit.

Sacha m'avait répété au moins un milliard de fois qu'après les avoir dispersées, il fallait faire autant de vœux que d'aigrettes qui s'envolaient. J'ai cru très longtemps à cette histoire, et même un peu avant sa mort il m'est arrivé d'en cueillir et de souffler dessus en souhaitant voir se réaliser quelque chose.

Voir ce portrait devient soudainement trop difficile et alors que je ne l'avais pas fait depuis plusieurs jours, j'éclate en sanglots. Je pleure longtemps – du moins c'est ce qu'il me semble. À nouveau, je me sens envahie par le désespoir apporté par ces souvenirs pourtant heureux.

Au bout d'un long moment, je sors de sa chambre et la referme. Puis la rouvre. Il va bien falloir que j'y retourne, mais pas maintenant et surtout pas seule. J'ai besoin de soutien. Lorsque je prends mon téléphone pour appeler Hunter, je me sens ridicule. Simplement, s'il est celui que je contacte en première intention, c'est parce que je n'imagine pas parler à quelqu'un d'autre. Je sais que je peux compter sur lui, peu importe le moment.

Au son de ma voix, il comprend immédiatement que

quelque chose ne va pas. Ou alors c'est parce qu'il est neuf heures du matin et que je n'ai jamais appelé à cette heure-là. J'attends toujours le passage du fleuriste pour le faire. C'est pile au moment où il part déjeuner lorsqu'il travaille à l'agence Di Marco. Je raccroche très vite, Hunter m'ayant promis qu'il serait chez moi dans les dix minutes à venir car il m'a assuré qu'aujourd'hui, il travaille de chez lui.

Je sors et m'assois sur les escaliers en prenant soin de bien rester sous le porche. La météo s'est accordée à mon humeur, il flotte. Si ça, c'est pas ironique…

Je laisse échapper un rire amer tout en essuyant rageusement mes larmes. Puis j'attends Hunter avec un mélange de soulagement et de fébrilité.

Il n'a pas menti. Très vite, il est là. Ses bras puissants m'entourent délicatement et je me retrouve plaquée contre un torse dur comme de l'acier. Je sens son parfum, savon et un soupçon de… je ne sais quoi. De la menthe peut-être. J'adore son odeur.

C'est pathétique, surtout en sachant très bien qu'il ne s'intéressera jamais à moi. Mais il me rassure, Hunter a cet effet là sur moi – avec celui de faire battre mon cœur un peu plus vite. Un jour je finirai par me faire à l'idée qu'il n'est pas pour moi, en attendant je profite de lui sans vergogne et me shoote à son odeur. Je me fais l'effet d'une toxico ayant besoin de sa dose. C'est vraiment moche. En tout cas, je pleure moins, c'est déjà ça. Il resserre son étreinte autour de moi et je sens son cœur battre follement contre ma joue. Pendant un instant, je me fige, surprise, avant de me dire qu'il a dû courir à toute allure pour arriver si vite. Rien de plus.

Nous restons ainsi une éternité et peu à peu je commence à me sentir mieux, j'ai chaud et j'ai même l'impression que si je retournais dans la chambre de Sash, cette fois-ci je réussirai à faire ce que je dois. Peut-être même sans verser un torrent de larmes. Hunter a cet effet-là sur moi, il me rend plus courageuse. Je me demande s'il en a seulement conscience.

Maddie D.

-26-

Hunter

Entendre Caleigh pleurer au téléphone m'a fendu le cœur. Je n'aime pas la savoir triste, pour la bonne raison que je pense qu'elle ne mérite pas de l'être. Je n'étais pas loin de chez elle, c'est pour ça que je suis arrivé si vite et même si j'avais été à l'autre bout de la ville, je me serais rendu chez elle en quatrième vitesse. Avant toute chose, il faut savoir que Caleigh possède un truc dont elle n'est même pas consciente : elle a le don de m'émouvoir d'un seul regard. Mais je ne lui dirai jamais, notre petite bande compte déjà assez d'une personne à l'ego démesuré et il est hors de question que je partage ce titre. Et puis, prendre la grosse tête ne lui irait pas, j'en suis sûr.

Lorsque j'arrive et que je la vois assise sous son porche, le regard perdu dans le vague et l'air désespérée, je n'ai plus qu'une envie : la prendre dans mes bras. C'est ce que je fais.

Silencieusement, je m'installe à côté d'elle et l'attire contre moi. Et si ce simple geste l'aide à aller mieux, eh bien, c'est fantastique.

C'est peut-être un peu présomptueux de ma part, mais depuis que je suis en « mission » avec elle, je ne veux pas que quelqu'un d'autre que moi lui rende son sourire. C'est ça, il n'y a que moi qui puisse le faire, je sais que ça peut sembler un poil arrogant, mais je crois que je l'aide. Et puis j'adore être là, si près d'elle ! J'aime sentir les agrumes dans ses cheveux, son corps qui semble trouver sa place contre le mien. Alors imaginer un autre à ma place est tout simplement inconcevable… même s'il s'agit de Brad ou Stan.

À cette évocation, mon palpitant me fait le coup de cogner vite et fort dans ma cage thoracique et je prie que Caleigh ne s'aperçoive de rien, parce que si c'était le cas, je ne saurais pas quoi lui dire. À vrai dire, j'ai déjà moi-même du mal à comprendre ce qui me prend, alors le lui expliquer… malgré cela, je ne peux pas m'empêcher de la serrer plus fort. C'est à ce moment-là qu'elle lâche un soupir de contentement. Je me fige, le souffle court.

Putain, j'adore la sensation de son corps contre le mien. Et si elle relevait la tête, je…

La soudaine impression d'être à l'étroit en dessous de la ceinture me fait l'effet d'une douche glacée.

Bon sang, mais à quoi je pense, moi ? Caleigh est triste. Elle m'a appelé parce qu'elle a besoin de moi. De mon soutien. Pas pour lui sauter dessus. Putain, y'a des claques qui se perdent.

À regret, je me vois contraint de l'éloigner de moi avant d'être trahi par ma réaction physique. Malgré toute ma bonne volonté, je lâche pourtant un grognement involontaire. Intriguée, Caleigh lève alors vers moi ses magnifiques yeux. Ils sont presque entièrement translucides lorsqu'elle pleure. C'est fascinant.

Seigneur… je suis dans la merde.

— Qu'est-ce qu'il y a ? me demande-t-elle d'une voix rauque à force d'avoir pleuré.

— Tu te mouches dans mon T-shirt, c'est dégoûtant, réponds-je en prenant soin d'avoir l'air écœuré.

Je remercie intérieurement la pluie de m'avoir fourni un alibi pour ce gros mensonge. Un coup d'œil discret à Caleigh m'informe qu'elle est salement blessée par mes paroles. Oups… j'y suis peut-être allé un peu fort ?

— Merde, Hunter… tu sais vraiment réconforter les gens, toi ! s'agace-t-elle en reculant le plus loin possible de moi.

Elle se lève et rentre chez elle d'un pas énervé, sans prendre la peine de refermer derrière elle. Je passe une main nerveuse dans mes cheveux et pousse un soupir coupable. Si seulement elle savait ce que ça me coûte d'agir comme ça…

Enfin bref, aussi difficile que cela soit, je ne peux pas faire autrement. Comment réagirait-elle si elle se rendait compte de mon attirance pour elle ? Cela gâcherait tout, elle prendrait ses distances avec moi. Je ne veux pas perdre ce truc entre nous.

En vérité, je n'ai jamais été ami avec une fille, encore moins avec une femme et partager ça avec elle... c'est tellement cool que je veux absolument le préserver. Tant pis si ça signifie jouer au connard et ressortir de chaque instant passé avec elle frustré comme c'est pas permis. Il y a d'autres moyens pour faire baisser la pression, et depuis que je la connais, je commence à en avoir l'habitude.

Au bout de quelques instants, je finis par la rejoindre, m'appuie contre le chambranle de la porte de la cuisine, celle qui donne sur le jardin, et la regarde fumer. Elle tape rageusement du pied au sol en tirant nerveusement sur sa cigarette. Assez vite, elle s'aperçoit de ma présence, relève la tête vers moi et me gratifie d'un regard noir. À cet instant, il est clair qu'elle me déteste et putain, ça fait mal.

— Quoi ? crache-t-elle d'une voix polaire.

Rectification : elle ne me déteste pas, elle me hait.

Bravo, je m'y prends super bien pour préserver notre amitié ! Chapeau.

— Tu devrais rentrer, il pleut.

— Qu'est-ce que ça peut te foutre, Hunter ?

Pris de court par son ton agressif, je reste silencieux. De toute façon, qu'est-ce que je pourrais lui dire ? Je ne vois pas quel argument potable lui opposer à part « la pluie, ça mouille » et je ne suis même pas sûr qu'elle prenne bien la plaisanterie, alors autant la fermer. C'est plus sûr...

… Peut-être pas tant que ça, en fait : en deux enjambées, elle m'a rejoint et semble prête à m'en mettre plein la figure. Je tente un sourire pour désamorcer la situation. D'habitude, ça marche au moins une fois sur deux. J'espère simplement être dans un bon jour.

Nous nous toisons un long moment puis je finis par reculer pour la laisser passer, levant les mains en signe de paix. Elle laisse alors échapper un soupir las et lorsqu'elle passe à côté de moi, me jette un regard à la fois déçu et triste. Celui-là, je ne m'y attendais pas. Ça me fait tout drôle… je préférais quand elle était en colère. Faut que j'essaye de réparer ça. Je fais un pas vers elle tout en me demandant ce que je pourrais bien lui dire. Elle ne me regarde même pas, et ça c'est un nouveau coup dur.

Trouve quelque chose mec, trouve quelque chose…

— Caleigh, je…

— C'est quoi ton problème avec moi, Merlin ?

Aïe ! Coup bas…

— Caleigh, ne m'appelle pas comme ça, s'il te plaît.

— Sérieusement, c'est si dur que ça de te montrer un peu sympa avec moi alors que je ne suis pas bien ? Pour info, Hunter : quand une fille pleure, c'est pas pour le plaisir, donc si elle se sert de toi comme d'un mouchoir, tu acceptes et tu te tais !

— Excuse-moi, Caleigh…

— Putain ! J'arrive pas à te suivre, mec, continue-t-elle.

Tu arrives chez moi en étant adorable et l'instant d'après…

Elle se fige soudain et me regarde comme s'il me poussait une deuxième tête.

— Attend… tu t'es excusé ? Monsieur J'ai-toujours-raison s'est excusé ? J'en reviens pas ! Répète, pour voir ?

— Excuse-moi, Caleigh, dis-je en approchant d'elle.

Je ne la quitte pas du regard, de manière à lui montrer que je pense chacun de mes mots. De son côté, elle commence à se calmer. Sa colère contre moi est en train de retomber, je peux le voir à l'éclat de ses yeux : de glacés, ils redeviennent doux et chaud. Intérieurement, je pousse un soupir de soulagement.

Putain, je n'aime pas du tout quand on s'embrouille.

Je fais un pas de plus. À présent que je suis là, juste devant elle, je meurs d'envie de la prendre dans mes bras mais vu les pensées qu'elle m'a inspirées tout à l'heure, je crains une réaction physique proportionnelle à la joie ressentie qu'elle ne soit plus fâchée après moi. À la place donc, je pose mes mains sur ses bras et les frictionne doucement. Un sourire un rien diabolique apparaît sur ses lèvres juste avant qu'elle ne lève un sourcil et me sorte :

— J'ai pas bien entendu, mec…

— Abuse pas des bonnes choses, meuf ! la préviens-je gentiment.

Je souris et elle en fait de même. Nous sommes toujours amis. C'est important à mes yeux de savoir que de ce côté-là, tout va bien.

Comme s'il était mu d'une volonté propre, mon regard glisse alors involontairement vers sa bouche et oh Seigneur ! Je dois faire appel à tout mon bon sens pour ne pas réduire un peu plus l'espace entre nous, me pencher vers elle et l'embrasser.

Je m'éclaircis la gorge, et c'est si soudain que nous sursautons tous les deux. Paraissant soudainement gênée, Caleigh détourne alors le regard en rougissant.

Tiens donc…

Je chasse au loin l'idée que peut-être…

Non, je me fais des films.

Les dernières minutes ont été intenses en émotions, c'est certainement ce qui me fait prendre mes désirs pour des réalités. Toutefois, pour plus de sécurité, je retire mes mains de ses bras et fais un pas en arrière. Le silence commence à s'éterniser entre nous et me rend un peu mal à l'aise. Je passe une main dans mes cheveux, regarde avec attention le bout de mes Converses, fourre mes mains dans mes poches, les en ressors aussitôt…

— Ça te dit d'aller boire un café ? Dans un café, proposé-je d'une voix tellement éraillée qu'elle sonne étrangement à mes oreilles.

— Boire un café dans un café ? Comme c'est étrange…, rétorque-t-elle en se moquant gentiment de moi.

Pour changer, je grommelle :

— Ouais, c'est ça, rigole…

— Oh arrête, Monsieur Ronchon, dit-elle en me donnant une claque amicale sur le bras. Avoue qu'elle était facile !

Bon joueur malgré tout, je hoche la tête avec un sourire avant de préciser :

— Les colocs cinglés doivent nous y attendre. Je leur ai demandé d'y aller et de me laisser un peu de temps avec toi pour te remonter le moral avant de les rejoindre.

— Tu as fait ça ? s'étonne-t-elle. C'est vraiment adorable de ta part, Hunter ! Finalement, on va peut-être réussir à faire quelque chose de toi.

Gêné, je passe nerveusement ma main dans mes cheveux, sans doute pour garder une contenance mais j'avoue que je ne sais pas comment prendre ce qu'elle vient de dire. Cette fille me met vraiment la tête à l'envers.

— Bon, au lieu de faire ton timide, attends-moi dehors le temps que je prenne une veste et mon sac, dit-elle en riant franchement.

Et bien sûr, je fais ce qu'elle me dit.

-27-

Caleigh

Avant de prendre mes affaires pour sortir, j'en profite pour faire un crochet par la salle de bains. Hunter attendra un peu plus longtemps mais j'ai besoin de me reprendre, juste quelques minutes, et de réfléchir à ce moment étrange dans la cuisine : l'espace d'un instant, j'ai eu l'impression… j'ai cru… qu'il allait m'embrasser ?

— Est-ce qu'il allait le faire ? demandé-je à mon reflet.

Je me penche un peu plus en avant, histoire de voir si les yeux de ma psyché contiennent la réponse à ma question. Mais ils ne font que me renvoyer mes propres interrogations. Je finis par lâcher un soupir désabusé en me demandant ce que je peux attendre d'un miroir.

J'ouvre le robinet et passe un peu d'eau sur mon visage en espérant faire dégonfler un peu mes yeux. J'ai vraiment l'air fatiguée alors pendant un instant, j'envisage de me maquiller rien qu'un peu, afin de me donner bonne mine mais finalement je ne le fais pas. Une bonne nuit de repos sans pleurer me semble un bien meilleur remède. Je décide aussi que mon esprit épuisé me joue des tours et qu'à aucun moment Hunter n'a eu l'intention de faire ce que j'imaginais. C'est tout simplement impossible, fin de la discussion avec moi-même.

Je me recoiffe un peu, prends une profonde inspiration et sors de la salle de bains pour le rejoindre.

Le fait que les Colocs cinglés aient eux aussi décidé de voler à mon secours me touche énormément et lorsque nous entrons dans cet endroit, le Zeke's Café, j'ai le sourire aux lèvres. Hunter et moi nous installons avec nos amis, puis un grand noir baraqué vient prendre notre commande. Chose assez étonnante, cet homme a des faux cils et j'avoue qu'il les porte à merveille. Aussitôt, mes dernières illusions concernant *ce qui n'a pas failli se passer* dans la cuisine entre Hunter et moi s'envolent en fumée. Bien que j'en sois quelque peu déçue, je me console rapidement en me disant que j'ai trois amis absolument merveilleux et que plein de gens ne peuvent pas en dire autant.

— Alors comme ça, on a le moral dans les chaussettes, mon petit rayon de soleil ? demande Brad en entourant mes épaules d'un bras affectueux.

Maddie D.

Ces derniers temps, les Colocs cinglés se sont mis à m'appeler ainsi. Ça leur a pris du jour au lendemain, comme ça. Je ne leur en ai rien dit mais je n'aime pas trop ce surnom d'autant que je n'ai rien d'une fille rayonnante, surtout en ce moment. Mais bon, si ça peut leur faire plaisir de m'appeler ainsi, je ne vais pas les en empêcher.

— Nan. J'ai voulu m'occuper des affaires de ma sœur et… j'ai pas pu. C'est trop dur.

Je me sens toute désespérée. Clairement, j'ai la sensation que je n'y arriverais jamais.

— Tu sais que tu n'es pas obligée d'effacer la moindre trace de Sasha, n'est-ce pas ? intervient Stan.

Je le regarde sans comprendre et lui demande d'une voix incertaine :

— Il faut que je vide la chambre, ou pas ?

Il me sourit avec indulgence, prêt à m'exposer le fond de sa pensée :

— Je crois que tu prends le problème à l'envers, petit rayon de soleil. On ne te demande pas d'effacer toute trace de ta sœur, en plus ce serait techniquement impossible à moins de raser la maison. Ce serait dommage. Mettre de l'ordre dans ses affaires revient plus à trier, te replonger dans tes souvenirs et finir par ne garder que les plus importants.

Je secoue la tête, dépitée.

— C'est ce que j'ai tenté de faire tout à l'heure et tout ce que j'ai réussi c'est fondre en larmes, devant une photo.

Bien entendu, il suffit que je le dise pour me remettre à pleurer.

— Bon sang qu'est-ce que j'en ai marre, j'ai l'impression de n'être bonne qu'à chialer !

Voilà que je me mets à geindre… C'est bon, je crois que j'ai touché le fond, là. Comme par magie, un monticule de serviettes en papier se matérialise dans mon champ de vision, au moment précis où Hunter y va de son commentaire :

— Pas faux…

— Hunter ! Ferme-la, s'écrient d'une seule voix Brad, Stan et le grand noir baraqué.

Je me rends compte que c'est lui qui m'a apporté de quoi m'essuyer les yeux. Charmant, maintenant je fais pitié aux employés du café. À ma grande surprise, ce dernier s'installe avec nous et me tend la main pour me saluer.

— Je suis Jackson, le patron du Zeke's. Mes amis m'appellent J., tu peux considérer que tu en es une, Caleigh.

Je fronce les sourcils, ce qui a pour résultat de faire rire ledit Jackson aux éclats et de me faire me sentir un peu plus larguée.

— Grâce à ces trois-là, je sais tout de toi, m'informe-t-il en montrant du doigt ceux que je considérais jusque-là comme des amis mais qui ne sont en fait que des balances.

— Merci beaucoup, les gars, marmonné-je à leur attention entre mes dents.

— Ne leur en veux pas, ils se font du souci pour toi.

Jackson lève la main en direction du bar. Quelques secondes après, un serveur approche. Le patron lui murmure quelque chose à l'oreille puis l'employé retourne d'un pas pressé derrière le bar et en revient avec les boissons commandées ainsi qu'une grande bouteille d'un liquide ambré dans lequel flottent ce que je crois être diverses écorces, ainsi que deux petits verres. Jackson renvoie le serveur à son poste avec un sourire satisfait, puis remplit les deux godets et en pose un d'autorité devant moi.

— Bois, m'ordonne-t-il gentiment.

Je n'ai pas besoin de porter le verre à mon nez pour savoir qu'il contient de l'alcool. Et pas coupé à l'eau, si vous voyez ce que je veux dire. Waouh, j'ai bien l'impression que si je ne fais que tremper le bout de mes lèvres dans ce breuvage, il va me pousser des poils à des endroits incongrus ainsi qu'un service trois pièces !

Je lance un regard inquiet à mes compagnons dans l'espoir d'y trouver un signe, du soutien ou n'importe quoi d'autre qui pourrait m'aider à me sortir de là, mais ils détournent les yeux. Quelle bande d'enfoirés…

Reportant alors mon attention vers le patron du Zeke's, j'ouvre la bouche pour refuser poliment le verre qu'il m'a servi, mais un seul regard de sa part me dissuade de le faire. Ce n'est pas tant le fait que l'homme soit impressionnant qui explique mon brusque changement d'avis que la lueur contenue dans ses yeux : encourageante, pleine de bonté, bienveillante.

— Qu'est-ce que c'est ? lui demandé-je avec prudence.

— C'est du rhum arrangé artisanal. Dans les Caraïbes, on soigne pas mal de choses avec ce genre de boisson. Selon les écorces ou les fruits qu'on y met à macérer, quelques godets de ça et ton cœur est plus vaillant. Pareil pour ton esprit et, si tu y mets du gingembre et du bois bandé, ça réveille ton…

Je lève la main pour l'interrompre, au bord de la crise de rire. Seigneur... c'est affreusement gênant !

— Ça va, Jackson ! J'ai compris ! Pas besoin de me faire un dessin !

— J., corrige-t-il

— D'accord… J., acquiescé-je de bonne grâce. Et donc, si je bois ça, ça va me soigner quoi ?

— Tu verras, dit-il en souriant.

Je compte à rebours pour me donner du courage puis j'avale le liquide cul sec en fermant les yeux.

Au départ, je ne sens rien à part un arrière-goût un peu amer. Des agrumes certainement. Une pointe de cannelle aussi. J'ouvre les yeux, surprise qu'il ne se passe rien de plus palpitant. Hé, c'est que je m'attendais limite à de la magie, vu comme J. m'a présenté son truc ! En face de moi, les garçons me regardent avec attention, l'air d'attendre quelque chose.

— Quoi ? leur demandé-je.

C'est à cet instant que je comprends : tout à coup ma bouche et ma langue prennent feu, puis c'est au tour de ma gorge, mon œsophage. C'est simple, je peux sentir avec précision le chemin pris par le rhum, du début à la fin et clairement… c'est une boisson d'homme. Je me mets alors à tousser sous l'effet à retardement de l'alcool et les mecs explosent de rire.

— Donc…, le but est de me saouler pour que j'arrête de chialer ? C'est ça ?

Mon regard passe de l'un à l'autre, je ne sais pas pourquoi j'ai enviede rire alors que je devrais être vexée. Enfin, j'imagine que je devrais l'être.

J. reprend la parole :

— Non, le but c'est de te détendre, jeune fille. Tu seras plus sereine pour entreprendre ce que tu n'as pas pu commencer.

Je fusille mes amis du regard.

— C'est pas vrai, les gars ! Vous êtes incapables de tenir votre langue ou quoi ?

— Ils ne m'ont rien dit, c'est moi qui n'ai pas pu m'empêcher de laisser traîner mes oreilles dans votre direction, s'excuse-t-il en se grattant l'arrière du crâne, ce qui revient à fourrager dans ses dreadlocks blondes, puis il hausse les épaules dans un geste impuissant mais comique.

— Que veux-tu ? Je suis très curieux… tu ne m'en veux pas, petit rayon de soleil ? dit-il en me faisant un clin d'œil qui me donne l'impression qu'il a tout à fait conscience que ce surnom n'est pas ma tasse de thé.

Un deuxième verre de son eau de feu maison apparaît devant moi.

— Encore ?

— Ça peut pas te faire de mal !

Assez peu convaincue, j'obtempère pourtant et très vite, je me rends compte qu'en effet J. avait raison : je suis beaucoup plus calme et sereine, je baigne dans une espèce d'ambiance faite de coton. C'est doux et confortable.

Contrairement à ce qu'on pourrait penser, je suis on ne peut plus lucide, aussi je n'ai aucun mal à discuter avec les quatre hommes assis avec moi.

Au départ, si nous parlons de tout et de rien, le sujet revient assez vite sur la raison de ma crise de larmes. Tous y vont de leur avis mais de mon côté, j'ai beau tourner la situation dans tous les sens, il me semble plus judicieux de laisser la chambre de ma sœur en l'état. Je ne suis peut-être tout simplement pas prête ? En tout cas, c'est la conclusion derrière laquelle je me range. Lorsque je leur en fais part, le silence retombe entre nous juste après que j'aie prononcé ces mots et les gars arborent une mine renfrognée. Du coup, ça me donne l'impression d'avoir sorti une énormité et je dois dire que ça m'embête un peu d'avoir créé un malaise.

— Quoi ? Qu'est-ce que j'ai dit ?

— Si tu commences à te chercher des excuses, effectivement tu ne seras jamais prête et bonne chance pour passer à autre chose, grommelle Stan, soudainement de mauvaise humeur.

Si je n'avais pas ingéré le « rhum tranquillisant », je crois que je me serais tout simplement levée et que je serais rentrée chez moi. Mais là, je suis juste vaguement agacée.

— Je voudrais bien t'y voir ! C'est facile de donner des conseils quand…

— Caleigh… stop ! me prévient Brad en me lançant un regard acéré.

Mais je n'en ai rien à faire, ils ne peuvent pas comprendre. Quant à Brad, il n'a aucun droit de m'empêcher d'exprimer le fond de ma pensée.

— Sérieux, Stan, arrête de jouer les donneurs de leçons. Tu peux pas comprendre ce que je traverse. *Toi*, tu n'as pas perdu…

— Si, justement, me coupe-t-il abruptement. Mon frère est parti il y a deux ans en Afghanistan. Il était… il est parti comme journaliste, un correspondant de guerre, tu vois ? Un jour qu'il accompagnait un convoi militaire, ils sont tombés dans une embuscade des talibans. Jesse n'est jamais revenu. Il avait tout juste vingt ans.

Je suis mortifiée. Si seulement je pouvais revenir en arrière et retirer mes paroles… Seigneur… pourquoi est-ce que je ne peux pas juste la fermer quand on me dit de le faire ?

— Je… je suis désolée, Stan. Je ne savais pas…

— Tu ne le pouvais pas, ce n'est pas le genre d'histoire

qu'on peut sortir lors d'une soirée entre amis. Genre, tu vois là ? Il arrive exactement ce pourquoi je n'en parle jamais : ce silence pesant, ces regards pleins de pitié, c'est insupportable.

Je confirme d'un hochement de tête amer, j'ai eu droit à ce genre de situation après la mort de ma sœur.

— Ouais, je vois exactement de quoi tu parles. Enfin bref... excuse-moi, Stan.

Il hausse les épaules avec désinvolture et arrive même à me faire un vrai sourire. J'en reste baba, comment réussit-il à passer au-dessus de ça alors qu'il n'y a pas pire douleur que la perte d'un être cher ? Je ne comprends pas. Conscient de mon trouble, il pose une de ses mains sur la mienne et l'autre sur celle de Hunter.

— Vous voyez, les gars ? On fait partie du même club. Du coup Brad est exclu d'office parce qu'il n'a enterré personne.

— Et alors ? Je ne te permets pas, se récrie l'intéressé. J'ai le droit d'être membre honoraire, dis ? Allez, steuplé... dis oui, mon chéri !

Nous éclatons tous de rire. Je ne sais pas comment ils font, mais les colocs cinglés arrivent à désamorcer chaque situation tendue que nous traversons ensemble. Ils sont une véritable bénédiction et les meilleurs amis que j'aurais jamais.

— J'ai trouvé ! s'exclame soudain J., nous interrompant tous.

Interloqués, nous prêtons attention à lui, nos sourires toujours accrochés aux lèvres.

— Vous trois : Stan, Brad et le blondinet… pourquoi n'aideriez-vous pas Caleigh avec les effets personnels de sa sœur ? Comme ça, vous serez là pour la soutenir et toi Caleigh, joli petit rayon de soleil, si tu en ressens le besoin, tu pourras leur parler de ta sœur, ou raconter l'histoire de chaque objet qui te renvoie à un souvenir avec elle.

Hunter se frappe le front et grimace.

— Et si j'ai pas envie d'une thérapie groupale, moi ?

— On s'en fout de ce que tu veux, rétorque Jackson en le regardant d'un air menaçant. Pour le moment, Caleigh a besoin d'aide, alors tu arrêtes de faire ton connard et tu fais ce qu'on te dit.

Hunter se renfrogne, mais quelque chose dans son attitude me fait penser qu'il s'est laissé enguirlander pour la forme. Parfois, j'ai vraiment du mal à le suivre. Est-ce qu'une toute petite fois dans sa vie, il pourrait se contenter de faire simple ? Quant à l'idée de J., elle est intéressante. Je suis consciente que sans soutien aucun, je vais continuer à me morfondre et à pleurer jusqu'à ce que je finisse à l'état de momie.

Et peut-être que cette idée de raconter ma sœur à travers des objets lui appartenant m'aidera à panser les plaies et à combler le vide de son absence.

A tes souhaits...

-28-

Caleigh

La nuit est tombée depuis environ une heure lorsque les gars et moi sortons de table pour retourner dans la chambre de Sasha.

J'ai voulu la vider entièrement, cela m'a paru préférable. Alors d'abord, nous avons dû faire le tri dans les affaires de ma sœur. Les livres ont trouvé une place dans la bibliothèque que j'ai fait démonter et remonter dans le salon par Hunter et Stan pendant que Brad et moi avons emballé la plupart des bibelots dans des cartons, ainsi que les vêtements. Brad m'a demandé si je ne voulais pas plutôt les garder mais moi, je trouve ça plutôt morbide. C'est vrai quoi : porter les fringues de ma défunte sœur, même si elles sont super et presque neuves pour bon nombre d'entre elles, c'est… non, c'est vraiment trop étrange. Nous avons donc marqué les cartons dans lesquels nous les avons rangés afin de les donner aux bonnes œuvres. En attendant, nous les entreposons dans le grenier. Il nous reste donc l'armoire et le lit à démonter, ainsi que la commode. Et tout un tas de boîtes posées dans un coin. Connaissant ma sœur et ses habitudes, nous devrions y trouver des photos ou nombre de cartes postales. Elle les collectionnait, je n'en ai jamais compris l'intérêt.

Pendant que Hunter et Stanley peinent à démonter le lit, mon binôme et moi finissons de vider les tiroirs de la commode. Et bien que l'activité semble fastidieuse, c'est bien loin d'être le cas. En fait, grâce à Brad et son babillage incessant, je ne suis pas loin de m'amuser comme une folle.

—Un tube de rouge à lèvres, deux tubes de rouge à lèvres, quinze tubes de rouge à lèvres…M.A.C, NARS… Urban Decay ! Et flambants neufs en plus ! Ça va, elle s'en faisait pas la frangine ! s'écrie-t-il en les posant sur le haut de la commode à côté des autres produits cosmétiques.

Il les regarde puis me fait face, les sourcils froncés avant de me lancer :

—Sérieux, mon petit rayon de soleil, le rêve secret de ta sœur était de devenir gérante d'un studio de make-up ? Comment peut-on avoir autant de ces trucs-là ? Tu me diras, au moins elle avait le choix ! Par contre, je croyais que tu avais dit qu'elle était ordonnée. Non, parce que le bazar dans les tiroirs, c'est pas joli-joli !

Je hausse les épaules, incapable de lui donner une réponse. Est-ce que ma sœur était à ce point coquette ? Elle faisait attention à elle, mais je ne m'explique pas tous ces produits. Quoi qu'il en soit, je décide d'en garder quelques-uns, les neufs, quant au reste – et il y en a – ils finiront à la poubelle. Quel gâchis !

Hunter et Stan s'occupant désormais de monter la structure du lit de ma sœur dans le grenier, Brad et moi décidons de nous attaquer à la douzaine de boîtes en tous genres de ma sœur. Et parce que nous estimons être assez restés debout comme ça, nous mettons le matelas au sol contre un mur et nous y installons confortablement. Nous y sommes tellement bien que j'en viens à regretter de ne pas avoir monté de quoi boire. Au moment même où j'y pense, Brad propose de descendre chercher des boissons. C'est miraculeux ! À croire qu'il lit dans mes pensées.

Lorsqu'il me demande ce que je veux, j'opte pour un jus de fruits : après ce que j'ai bu un peu plus tôt au Zeke's je ne veux pas en rajouter. D'autant que, fatiguée comme je le suis, je doute d'être capable de tenir l'alcool. Autant éviter de me rendre ridicule face à mes amis, ils m'ont déjà consolée et mouché le nez à plusieurs reprises – j'exagère à peine – autant ne pas leur imposer de devoir me tenir les cheveux au-dessus de la cuvette des toilettes.

Il revient quelques minutes plus tard, avec trois Bud Light, une bouteille de jus de fruits, une d'Évian au cas où et un verre. Cet homme est une vraie mère poule !

— Ils ont fini ? lui demandé-je en évoquant nos deux travailleurs de force.

— Non, mais ils n'en ont plus pour longtemps. Je crois

qu'ils ont entendu l'appel de la bière, enfin surtout quand j'ai crié « une Bud, ça intéresse quelqu'un ? » en passant la tête dans l'escalier menant au grenier.

Il ouvre sa bouteille et je me sers un verre de jus. Nous buvons une gorgée et soupirons en même temps. Je gigote un peu, trouvant soudainement le mur derrière mon dos un peu dur. Puis prise d'une soudaine inspiration je confie ma boisson à mon voisin de matelas, me lève et file dans ma chambre pour revenir aussi sec avec mes deux énormes oreillers que j'installe en plus de ceux de ma sœur de manière à nous y adosser confortablement.

— Tu as raison, c'est bien mieux comme ça, approuve Brad en gloussant de plaisir. Puis il attrape la première des douze boîtes que nous avons disposées en trois piles. Un coup d'œil dedans me vaut un regard appuyé de la part de mon ami.

— Vraiment, Caleigh ? Des value sets[8] de chez Urban Decay ? Rappelle-moi de quoion parlait tout à l'heure ? D'après moi, ta sœur voulait se reconvertir en esthéticienne, ou alors elle s'amusait à redonner un coup de jeune aux mamies de l'hôpital ?

Imaginer ma sœur en train de pomponner des grand-mères aux cheveux roses me donne un fou rire aussi soudain qu'inattendu. Je suis tellement hilare que je ne peux même pas dire à Brad qu'il se trompe, que ma sœur travaillait en pédiatrie. En outre, je lui ai déjà dit, il doit juste l'avoir oublié.

----

8 Coffrets de miniatures de produits, généralement des produits de beauté.

Au bout d'un moment, je ris tant que je me vois obligée de poser mon verre au sol pour ne pas le renverser et faire une catastrophe en tachant le parquet.Il faut croire que mon rire est communicatif, puisque Brad s'y met aussi.

Bientôt, nous sommes pliés en deux, avachis l'un sur l'autre. C'est à en pleurer, littéralement, et plus les larmes coulent plus nous rions aux éclats.

— Eh bien, ça travaille dur, ici !

Nous nous arrêtons d'un coup, dans un bel ensemble. Stan nous observe d'un air presque sévère, les points sur les hanches tandis qu'à côté de lui, Hunter secoue la tête d'un air réprobateur.

Un peu gênée comme si j'avais été prise en faute par mes parents, je cherche une bonne excuse à leur sortir mais Brad prend les devants :

— Une bière, mon amour ? demande-t-il innocemment à Stan, ce qui lui vaut un regard assassin de la part de son compagnon.

Je me mords l'intérieur des joues pour ne pas rire une nouvelle fois mais j'avoue que c'est très, très dur.

Oh là là, j'ai quinze ans ou quoi ?

Je m'éclaircis la voix et propose aux deux hommes de venir nous rejoindre sur le matelas. Stan ne se fait pas prier mais Hunter préfère rester debout. Il prend sa bouteille de Bud et va vers la fenêtre. OK, grand bien lui fasse, je finis par être habituée à ses sautes d'humeurs. Hunter semble assez à l'aise avec le fait de souffler le chaud et le froid, et c'est assez déroutant, d'autant qu'il est parfois si…

Oh bordel de merde… il enlève son T-shirt !

Brusquement, la température de la pièce monte de quelques degrés. Une centaine, je dirais. Au moins. Fascinée, je le regarde s'essuyer la nuque puis le torse avec son vêtement. Non, disons-le honnêtement : je le mate sans vergogne. Impossible de détourner les yeux de cet homme tant il est magnifique. Quelques mèches rebelles se sont échappées de son élastique et lui retombent sur le visage, lui donnant un air sauvage et sexy. Quant au reste… je ne sais plus où donner de la tête. Alors, je m'applique à suivre chacun de ses mouvements, tandis que le tissu éponge son torse parfait tout en muscles saillants, remarquablement dessinés – imberbe, ce qui ne gâche rien – ; un ventre plat, des abdos genre tablettes de chocolat et des hanches étroites taillées en V mises en valeur par un jean taille basse.

Oh ! Comme j'aimerais être la goutte de sueur qui dévale son torse…

— Caleigh... C'est quoi cette photo, là ? me demande Brad.

— Quoi ? Attends... j'peux pas, là, chuchoté-je en dévorant des yeux Hunter.

— Comment ça, tu peux pas ?

Il tourne la tête et reste figé.

— Ah oui, quand même, lâche-t-il, subjugué.

Je soupire de dépit.

— Ouais, comme tu dis...

La seconde suivante, nous recevons chacun une claque derrière la tête. Nous nous retournons d'un bloc vers le fauteur de trouble. Je me frotte la tête en grommelant. De quel droit me dérange-t-on en pleine contemplation ? Incapable de faire autrement, je pouffe de rire en voyant la tête de Stan qui nous foudroie du regard. Enfin surtout Brad, moi je ne suis pas en couple avec lui.

— Hé, les deux pervers, là, remettez-vous au boulot ou je vous dénonce, dit-il à voix basse, l'air un peu énervé.

— Qu'est-ce que tu racontes, rétorqué-je sur le même ton que lui, je n'ai aucune idée lubrique concernant Hunter. Figure-toi que j'étais juste en train de me dire qu'il ferait un modèle intéressant pour un de mes...

— C'est ça, Caleigh... essuie donc le filet de bave sur ton menton d'abord et peut-être que je te croirai.

— Qu'est ce qui se passe ? demande Hunter en se joignant finalement à nous.

Bien entendu, pendant notre petite mise au point, Hunter a eu le temps d'enfiler un autre T-shirt. Je ne sais pas d'où il le sort mais dans tous les cas, c'est bien dommage.

Ah... si seulement je pouvais être ce T-shirt...

Je me remets assez vite de mes émotions et de ma déception – petite, seulement – et m'empresse de lui expliquer ce que nous faisons, Brad et moi. Il s'assoit alors avec nous et prend lui aussi une boîte. C'est comme si par ce geste, il avait donné le top départ pour une séance studieuse.

Pendant les minutes qui suivent, nous trions les papiers de ma sœur, découvrant çà et là des photos sur lesquelles nous nous arrêtons afin que je puisse raconter les souvenirs qui y sont liés. Certaines ne me disent rien parfois, mais d'autres me renvoient à des anecdotes drôles et tendres, ainsi, au fil du temps que nous passons à fouiller parmi les souvenirs collectés par Sasha je m'aperçois que tout cela – cette espèce de voyage en immersion dans ce qui a été sa vie – me fait du bien. Et ça peut paraître étrange, mais c'est comme si elle était près de moi.

— J'en fais quoi de ça ? me demande Hunter en me montrant de la paperasse toute froissée. Je hausse les épaules, pour moi ce ne sont ni plus ni moins que de vieux trucs à jeter.

— Nan, vas-y, tu peux jeter. Je ne vais pas garder tous les vieux papiers de ma sœur, sinon je n'ai pas fini ! dis-je sans même y jeter un coup d'œil.

J'attrape une autre boîte et entreprends de trier avec minutie son contenu.

Hunter n'en démord pas avec son tas de vieux feuillets, après tout s'il veut compulser un tas de papiers poussiéreux, eh bien qu'il se fasse plaisir. Moi, il faut que j'avance : la journée a été longue et je commence à être fatiguée.

— Ça vaut ce que ça vaut, mais tu devrais peut-être regarder ceci, insiste-t-il en me collant d'autorité une feuille dans les mains.

Malgré mon agacement, je déteste quand on insiste sur quelque chose alors que j'en ai décidé autrement, je déplie le papier.

— Oh mon Dieu, soufflé-je d'une voix blanche.

La vieille page de cahier (parce que c'est exactement ce que c'est : une page de cahier) tombe sur le matelas tandis que je plaque mes mains sur ma bouche. Mon cœur ne sait plus ce qu'il doit faire : battre rapidement ou s'arrêter. En même temps, jamais je n'aurais pensé tomber sur ça. Ce truc est tellement vieux, ça me ramène tellement loin... Bon sang, Sash a écrit ça lorsqu'elle avait…

— Qu'est-ce que c'est ? m'interroge Brad.

Je n'arrive pas à lui répondre. Ce n'est pas que je ne le veux pas, mais je ne sais pas par où commencer, alors je lui fais signe qu'il peut prendre le papier et lire ce qui y est inscrit. Stan se rapproche de lui et ils se mettent à déchiffrer l'écriture enfantine de ma sœur.

— « Devenir médecin » ? « Toucher les étoiles » ? « Faire le tour du monde dans une voiture Rose » ? « Embrasser un crapaud »… ? déchiffrent-ils d'une même voix.

Au bout de quelques secondes, ils lèvent vers moi des yeux interrogateurs, font passer la lettre à Hunter qui la lit rapidement une deuxième fois avant de me dire :

— Tu vois ? C'était important, non, vu ta réaction. Et dire que tu voulais la jeter… Tu nous expliques ?

Il me rend le feuillet et je parcours délicatement du doigt les quelques lignes écrites par Sasha.

— C'est sa liste de souhaits, dis-je avec émotion. Elle y a noté tout ce qu'elle voulait faire lorsqu'elle serait grande. Elle avait dix ans lorsqu'elle l'a rédigée, si je me souviens bien.

— Je m'explique mieux le tour du monde dans une voiture rose, plaisante Stanley.

Je marque un temps d'arrêt, relis la bucket list, regarde Stanley avec surprise, retourne à la feuille de papier.... À cet instant précis, je sais que j'ai l'air d'une folle. Je dois avoir les yeux écarquillés et soit je suis écarlate, soit je suis livide bien que le fait de sentir la chaleur au niveau de mes oreille me pousse à pencher vers le choix numéro un.

— Caleigh ? Ça va ? Tu veux un peu d'eau, t'as l'air toute bizarre ? me demande-t-il.

Je me lève d'un bond et me dirige d'un pas rapide vers le palier, suivie de près par les garçons, visiblement inquiets. Il y a une question que je me pose, pourquoi est-ce que quand une fille présente ce genre de symptômes : agitation, mutisme, yeux exorbités, les mecs pensent en première intention qu'elle va forcément faire un malaise ?

— Tu devrais peut-être t'asseoir, non ? C'est peut-être pas prudent de courir ? Tu viens pas de manquer de faire un malaise, il y a trois secondes ? s'inquiète Brad.

Et voilà, qu'est-ce que je disais...

Maddie D.

Si Hunter pouvait éviter d'y rajouter son grain de sel, je lui en saurais grée. Juste avant de descendre les escaliers, je me tourne vers eux, un poil agacée, et leur rétorque vertement :

— Je ne suis pas malade, bon sang, j'ai juste un truc urgent à vérifier !

Arrivée devant la porte qui mène au garage, je n'ai aucune hésitation, alors que j'ai passé des semaines ici sans oser y pénétrer. Mon regard se pose alors sur ce que je cherche. Je m'en approche et tire sur la bâche qui la recouvre depuis des mois.

Tout devient clair, soudain.

Derrière moi, un des gars fait entendre un sifflement admiratif mais je ne sais pas s'il est dirigé vers la bagnole ou s'il salue l'opiniâtreté de Sasha.

— Putain…, euh désolé, Caleigh, de demander ça mais… hum… quand ta sœur avait une idée en tête, elle l'avait pas ailleurs, on dirait ? balbutie Stan sur un ton incertain.

— Ouep, confirmé-je. Comme vous avez pu le lire, son souhait numéro un « devenir Docteur » a été réalisé.

Je fais une pause de un instant puis regarde tour à tour mes amis.

— On dirait qu'elle avait prévu de faire la même chose pour le reste de la liste, dis-je en guise de conclusion en leur montrant du doigt la voiture.

A tes souhaits...

–29–

Hunter

17 mars 2015

Du calme. T'es un mec, tu vas pas te la jouer hystérique.

Je me répète ces deux phrases tandis que mes pieds s'enfoncent dans le sable d'Ocean Beach. Je suis sur le trajet du retour menant chez moi, après une course aller de presque quatre miles, ma foulée toujours régulière, c'est bien mais jusque-là, le terrain était en pente, le chemin inverse sera un poil plus compliqué pour mes muscles.

Au cas où vous vous poseriez la question : non, je ne suis pas maso, j'ai juste besoin d'organiser mes pensées et courir m'aide grandement – d'habitude, du moins, parce que là on ne peut pas dire que ce soit super efficace à part pour suer à grosses gouttes. Alors bon, j'aurais très bien pu arrêter de me faire du mal et prendre un *Cable car* pour rentrer chez moi mais je ne peux pas m'en empêcher : j'ai décidé de courir pour me vider le crâne alors, je cours pour me vider le crâne.

Je longe le parc du Golden Gate sur Lincoln Way en sentant chacun de mes muscles. Ça brûle, je suis bon pour des courbatures. Arrivé au coin, vers Stanyan Street, mes poumons sont en feu.

Rectification : je suis un putain de taré complètement maso. On n'a pas idée de se faire du mal comme ça juste pour se sortir une fille de la tête.

Oui, vous avez bien entendu, je l'ai dit : j'ai besoin de me sortir Caleigh de la tête. De toute façon, ça fait un moment que ça couvait. J'ai passé pas mal de temps avec elle, elle est canon et n'importe quel type normalement constitué aurait eu des arrière-pensées lubriques, s'il s'était trouvé à ma place. Je ne l'ai pas vue depuis hier soir – ou ce matin, si on se réfère à l'heure à laquelle mes colocs et moi sommes arrivés chez nous. Je sais, ça fait... quoi ? Même pas huit heures et je suis en manque.

Pathétique, non ?

C'est peut-être la raison pour laquelle je rallonge mon parcours juste pour passer par Ashbury Street, alors qu'éviter ce détour raccourcirait mon chemin et me permettrait de ne pas me taper les foutus escaliers du parc Buena Vista. Soit dit en passant, construire une ville sur 47 collines, fallait vraiment le vouloir. Ou alors être complètement frappé.

Putain, qu'est-ce que ça monte... heureusement que j'ai une playlist motivante pour m'accompagner !

Encore un demi mile et j'arriverai devant la maison de Caleigh, à mes yeux presque le Saint Graal, mon but ultime à atteindre. Enfin, là je dis ça, c'est surtout parce que j'en ai plein les pattes. Mais bon, pas sûr que ma méthode soit la bonne pour me la sortir de la tête, du coup.

Lorsque je suis devant chez elle, je m'arrête pour reprendre mon souffle. Plié en deux, les mains sur les genoux et la respiration sifflante, je regarde les perles de sueur qui coulent de mon visage et de mes cheveux s'écraser au sol comme des gouttes de pluie. Puis je me redresse et me tourne face à la maison.

Pendant une minute, je me demande si Caleigh apprécierait de me voir débarquer chez elle à même pas huit heures du matin. Quoiqu'en y réfléchissant bien, je ne me vois pas arriver chez elle les mains vides. Un ami digne de ce nom, même s'il passe à l'improviste se ramène au moins avec le petit déjeuner. Ou alors, peut-être que je devrais passer acheter des viennoiseries un peu plus bas dans la rue et m'inviter ensuite ? Est-ce que ça se fait, ça ?

Et puis on s'en fout, je crève d'envie d'y aller !

Ouais, mais là je pue et je n'ai pas de quoi me changer. Mais ce n'est pas plus mal, ça peut me donner l'occasion de me balader chez elle juste pour le plaisir de voir cette petite lueur allumée dans ses yeux comme hier soir, lorsque je l'ai surprise en train de mater mon reflet dans le miroir. Oui, oui, je l'ai prise en flag, cette petite coquine, mais j'ai fait semblant de rien. J'ai tout de même vu sa réaction – je lui plais – c'était inscrit sur son front, impossible de me tromper.

Le truc, c'est que maintenant que je le sais, je n'arrive pas à passer au-dessus de ça. Où est le problème, me direz-vous ? Pour être honnête, depuis cette « révélation » lue dans son regard, c'est comme si elle avait donné l'autorisation à mes hormones de se réveiller avec un message du genre « eh oh, y'a plus de barrière entre nous, lâchez-vous ! ». Bien sûr, il n'y a que moi pour en être conscient, parce que de son côté à part ce regard furtif mais ô combien significatif : rien, nada, zéro réaction. Du coup, je suis un peu perdu. Et c'est sans réelle surprise que tout ça et bien d'autres choses m'ont pas mal travaillé la nuit dernière, si bien qu'elle a été très courte et que je n'ai toujours pas vraiment eu le temps de mettre de l'ordre dans mes idées.

Il va sans dire que Caleigh me plaît, beaucoup même, mais si je ne me suis pas hasardé à la brancher c'était : 1/ parce que nous sommes partis du mauvais pied. Franchement, on ne pouvait pas faire pire. 2/ je croyais qu'elle ne s'intéressait pas aux mecs, visiblement, je me suis royalement planté, ce qui nous emmène au point numéro 3/ j'aime être son ami et encore, le mot est faible. Caleigh est drôle, intelligente, forte, j'adore nos discussions et même celles qui semblent futiles. Avec elle, je me sens bien et libre de me comporter naturellement – même si ça veut parfois dire être un véritable connard.

Égoïstement, je suis heureux qu'avant de nous rencontrer les gars et moi, elle n'était pas super sociable parce que cela signifie que c'est à nous qu'elle a donné son amitié et ça, c'est beaucoup plus précieux que n'importe quoi. Du coup, si je franchis cette espèce d'interdit sous-entendu entre nous et que je lui fais comprendre ce que moi, je veux… est-ce que ce n'est pas risquer de tout foutre en l'air ? Est-ce qu'une éventuelle relation genre « amis et plus si affinités » serait vraiment une bonne idée – je ne vais pas lui proposer le mariage, faut pas déconner. Encore faut-il bien sûr qu'elle en ait envie ou qu'elle y soit prête. En définitive, je me demande s'il est bien judicieux de mettre en péril ce lien si spécial entre nous, au cas où le fait de baiser tous les deux engendrerait un fiasco. Pas sûr que j'aimerais bousiller et perdre ce qu'on a déjà.

Quoiqu'il en soit, je dois aller la voir et pas parce que je rêve de lui faire perdre ses moyens. Non, j'ai des trucs importants à lui dire. Mais avant toute chose, j'appelle mes colocs pour qu'ils se grouillent de rappliquer ici en ramenant le petit-déj et des vêtements de rechange pour moi. Ils ont le double des clés de mon appartement et sauront quoi faire. Je raccroche après leur avoir donné mes instructions. Oui, je sais : parfois je suis un poil directif. Je monte les escaliers du perron de chez Caleigh et frappe à la porte.

Pas de réponse. Je ne me pose même pas la question de savoir si je vais la réveiller ou pas ce que j'ai à lui dire est trop important, alors je sonne. Quelques secondes plus tard, je perçois des bruits de pas lourds et énervés venir de l'intérieur, puis une chute et un grognement de douleur. Après quoi, la porte s'ouvre à la volée me laissant découvrir une Caleigh grimaçante vêtue d'un top jaune poussin et d'un pantalon de pyjama qui lui tombe en bas de la douce courbe de ses hanches. Elle ne porte pas de soutien-gorge et je dois faire un effort titanesque pour fixer mes yeux à la hauteur des siens. Elle est encore à moitié endormie mais furieuse également. Je suis vaguement embêté qu'elle se soit fait mal et tout ce que je vois, c'est qu'elle est très jolie, même avec ses cheveux dans tous les sens.

— Quoi ? grogne-t-elle.

Et tellement douce et charmante avec ça...

Je ne tente même pas de dissimuler mon sourire, cette fille me fait triper.

— Salut, Caleigh-chou, dis-je en ignorant le faisceau laser de ses yeux. Bien dormi ?

— Hunter... je peux savoir ce que tu fous là et pourquoi tu me réveilles à...

— Huit heures du matin, ma belle. Mais l'avenir appartient à ceux qui se lèvent tôt, non ?

Elle lève les yeux au ciel, visiblement agacée.

— On s'en fout ! Je te rappelle que j'ai choisi de prendre une année sabbatique, ça implique que *moi* je fais la grasse matinée.

Je lui offre mon plus grand sourire.

— Eh bien, pas aujourd'hui !

— Et je peux savoir ce qui te fait dire ça ?

— J'amène le petit déjeuner, Caleigh-chou. Du coup, t'es obligée de me laisser entrer.

Maddie D.

Elle me regarde attentivement et jette un coup d'œil derrière moi.

— Bien sûr… et donc, il est où ce petit déjeuner ?

Je rentre chez elle sans plus de cérémonie tandis qu'elle m'observe d'un air totalement ahuri. J'aime quand je lui fais cet effet-là. Ah ! Et puis je luis réponds aussi :

— La bouffe arrive avec les colocs cinglés.

Elle soupire et referme la porte.

— Putain, Hunter… t'abuses de débarquer si tôt ! T'aurais pu prévenir ! Je suis même pas présentable !

— Moi non plus. Et puis ça m'aurait fait louper le superbe spectacle de toi au réveil, je m'en serais voulu. Au fait, tu me prêtes ta douche ?

— Je viens de te dire que…

— Et moi je viens de courir sept miles. Tu préfères peut-être que j'embaume ta maison avec ma sublime odeur de transpiration ?

Elle croise les bras sur sa merveilleuse poitrine en grommelant :

— C'est bon, tu peux prendre la salle de bains du bas, j'irai à l'étage.

— Tu vois quand tu veux !

Je m'approche d'elle et l'embrasse sur la joue. Une

première pour moi. Je pousse le bouchon un peu plus loin, en faisant mine de vouloir la prendre dans mes bras. Aussitôt, elle me repousse en se pinçant le nez.

— Ah non ! Tu empestes, c'est dégoûtant ! Dépêche-toi de prendre une douche avant de tuer quelqu'un avec tes odeurs !

J'essaie de ne pas rire devant son air scandalisé mais je ne peux pas m'empêcher de mimer un salut militaire.

— Chef ! Oui, chef !

Caleigh me fixe un moment, interloquée puis pouffe de rire. Alors là pour le coup, je ne m'y attendais pas du tout, vu comme elle semble aimable au réveil.

— Allez file, gros dégoûtant ! Les serviettes sont dans le meuble juste avant la salle de bains. On se retrouve dans la cuisine, dit-elle en montant à l'étage.

Je hoche la tête et vais prendre une douche. Sous le jet d'eau brûlante, j'ai tout le loisir de réfléchir à l'idée qui m'est venue cette nuit. Réunir tout le monde n'est pas le fruit du hasard et encore moins innocent. Depuis des heures, j'ai quelque chose derrière la tête et je suis prêt à mettre ma main à couper que les deux cinglés qui me servent de colocs seront plus enthousiastes une fois qu'ils auront pris connaissance de mon projet. En ce qui concerne Caleigh, je n'en sais trop rien. On verra bien.

En sortant de la douche, je me heurte à un problème : mes vêtements sont trempés de sueur et je ne parle même pas de l'odeur qui s'en dégage. Ça m'apprendra à faire le con devant Caleigh. En attendant, j'ai bien peur qu'il ne me faille me promener chez elle en serviette. Bien entendu, ce n'est pas moi que cela va déranger mais elle en revanche…

Je hausse les épaules. Après tout, j'avais aussi cette idée derrière la tête – bien que lorsque j'ai imaginé la scène dans mon esprit dérangé, j'étais un poil plus habillé. Bah… Dans la vie, il faut savoir prendre des risques, non ? J'étouffe un rire en imaginant la tête de Caleigh lorsqu'elle me verra à moitié nu. Les prochaines minutes risquent de se révéler très intéressantes…

A tes souhaits...

-30-

Hunter

— Putain ! Il manque pas de culot celui-là ! Ou alors, il est cinglé … oui c'est ça, il est cinglé ! Est-ce que moi, je me pointe chez les gens au petit matin, hein ?

OK. Caleigh est un tout petit peu furax. Ce qui explique pourquoi j'entends les portes des placards claquer. Eh ben, elle en fait un raffut ! Bon, en même temps, je ne peux pas lui reprocher d'être énervée : après tout je l'ai réveillée. Si je me mettais à sa place deux secondes, dans le cas où on me ferait ce coup-là, je me montrerais beaucoup moins agréable qu'elle et j'enverrais carrément celui ou celle qui m'a dérangé se faire foutre. En fait, Caleigh est vraiment gentille et moi, un enfoiré d'ours malpoli. Il faut absolument que je lui présente mes excuses…

Sauf que, vu comment je suis habillé ou plutôt vu le peu de vêtements que je porte et l'humeur de chien de mon hôtesse, j'ai dans l'idée que si je me pointe comme ça dans la cuisine la bouche en cœur, les tasses risquent de voler. Et ce serait bien fait pour moi, j'en suis conscient. Si si, je le jure.

Il n'empêche que je ne vais pas rester des heures dans le couloir à me les geler en attendant que Brad et Stan arrivent avec mes vêtements, alors que mon but ultime est d'assoir mes fesses sur une chaise afin de reposer mes pauvres jambes. Et juste pour pouvoir faire ça ne serait-ce que quelques minutes, je suis prêt à affronter tous les dangers – même l'ouragan Caleigh. Au pire, je baisserai la tête pour éviter les éventuels projectiles.

Allez hop, Hunter ! Un peu de courage !

J'avance en direction de la cuisine discrètement. Arrivé sur le pas de la porte, je constate que Caleigh me tourne le dos et semble occupée à chercher quelque chose au fin fond d'un placard. Bien, si j'arrive à atteindre une chaise et à m'y installer avant qu'elle se retourne, j'ai des chances d'éviter le drame. J'inspire une fois, maintiens de la main gauche la serviette pour éviter qu'elle ne glisse et me prépare à tracer jusqu'au comptoir à grandes enjambées.

— Hunter, je sais que tu es là, grogne Caleigh en sortant la tête du placard.

Merde. Merde. Merde.

— Ah. Bon… eh ben, ne te retourne pas, alors.

— Et pourquoi est-ce que je ne me retournerais pas, d'abord ? s'agace-t-elle tout en faisant exactement le contraire de ce que je viens de lui conseiller.

Face à moi, elle se fige et… j'en fais de même, comme un crétin d'animal pris dans les phares d'une voiture.

Là, je me sens un petit peu con. Pas à cause de ma quasi nudité offerte à la vue de Caleigh, ça eh ben… je suis un homme, elle est une femme, bref ce n'est pas le sujet. La vérité, c'est que cette situation : moi en serviette au milieu de la cuisine ; elle, écarlate au possible tentant de poser ses yeux partout ailleurs que sur mon corps – magnifique et viril, hein ! – aurait pu être évitée. Ou aurait pu être mille fois plus agréable pour l'un comme pour l'autre si je ne m'étais pas évertué à me comporter comme un ado débile. N'empêche que maintenant, j'ai la confirmation que j'attendais, alors je crois qu'il est temps de dissiper tout malentendu.

Je m'approche alors d'elle.

— Caleigh, regarde-moi, lui dis-je et ma voix sonne étrangement rauque à mes oreilles.

Je m'arrête à quelques pas d'elle et attends qu'elle lève les yeux vers moi. Je ne sais pas pourquoi mais sur le moment, le fait qu'elle le fasse me semble très important, même indispensable. Quelques secondes passent, une éternité devrais-je dire, pendant laquelle elle s'obstine à m'éviter. Lorsqu'enfin elle se décide à tourner la tête dans ma direction, ô Seigneur ! J'ai un mal de chien à me contenir. C'est dingue… la voir déglutir avec difficulté, s'humecter les lèvres comme si elles s'étaient brusquement asséchée, ce petit bout de langue sur sa bouche gourmande... elle me dévore du regard et...

Waouh ! L'effet que ça me fait !

J'ose alors un sourire et reprends le chemin jusqu'à elle. Lentement, pour ne pas la brusquer.

C'est alors que je sors la réplique la plus débile de l'univers :

— Ta réaction me fait supposer que je me suis trompé sur toi. Tu n'es pas attirée par les femmes, n'est-ce pas ?

— Hein ? Quoi ? Non, mais bien sûr que non ! se récrie-t-elle, d'une voix choquée et me regarde comme s'il me poussait une deuxième tête.

Bravo, Hunter...

Tout de suite, j'ai l'impression d'être en plein dans un épisode d'Ally McBeal, cette série pour gonzesses, lorsqu'en plein moment de grâce, l'héroïne dit une connerie plus grosse qu'elle et se retrouve en train de rapetisser brusquement. Ben là, c'est exactement ce qui m'arrive. En une phrase, je viens de tuer dans l'œuf tout espoir d'une séquence romantique saupoudrée d'un roulage de pelle réglementaire. Quel abruti ! Notez au passage que je ne regardais pas Ally McBeal, plus jeune. J'accompagnais juste ma mère lorsqu'elle le faisait. Je suis du genre à faire plaisir à ma mère, d'accord ?

— Hunter ? Qu'est-ce qui te fait penser ça ? m'interroge Caleigh, décontenancée.

Elle est sexy quand elle me regarde comme ça, la tête

légèrement penchée sur le côté, sa peau encore de la même teinte écarlate que lorsque ses yeux se sont posés sur moi quelques minutes plus tôt. OK, il semblerait que je n'aie pas complètement gâché l'ambiance. Puisqu'on en est là, autant tout lui dire.

— Tu ne répondais pas à mes signaux, alors bêtement j'ai cru que…

C'est ça… rame, mon pote, rame.

Elle demeure silencieuse, se contentant de m'observer intensément. Dans ses yeux, les émotions se succèdent : gêne, surprise, désir. Se rend-elle compte son regard me laisse entrevoir tout ce qui se passe en elle ? Putain, là, tout de suite, j'ai juste envie de me jeter sur elle et de lui montrer ce qu'elle *me* fait. De toute façon, Calcigh finira bien par s'en rendre compte : elle n'a qu'à baisser les yeux au niveau de ma serviette. Quoi qu'il en soit, je brûle d'envie de la toucher, elle est tellement près de moi que je n'ai qu'à tendre le bras. Mais voilà, je suis incapable de faire le moindre mouvement, ce truc super chaud dans son regard me cloue littéralement sur place.

— Ne me regarde pas comme ça, réussis-je à dire péniblement.

Au son de ma voix, elle frissonne et je peux même apercevoir une petite veine pulser follement au creux de son cou. C'est fascinant. C'est excitant même, de voir l'effet que j'ai sur elle...

De mon côté, je suis comme galvanisé par tous les petits

signes envoyés par son corps : sa respiration rapide, ses pupilles dilatées… Mon propre sang bouillonne dans mes veines. Et je ne l'ai même pas encore touchée…

— Pourquoi ? chuchote-t-elle.

Je réponds sur le même ton, le regard brûlant :

— Ça me donne envie…

J'hésite un peu, passe une main légèrement tremblante dans mes cheveux puis fais le grand saut :

— J'ai envie de te sauter dessus.

Pour le romantisme, je repasserai !

Elle lâche un long soupir frémissant. Une seconde plus tard, je lis dans ses yeux un intense soulagement.

— Donc, tu n'es pas gay.

Je manque de m'étrangler.

Moi… gay… ? Mais où elle est allée chercher cette drôle d'idée ?!

Ce n'est pas une question, j'en ai la certitude, c'est au contraire un message subliminal. Du moins, je préfère me dire ça plutôt qu'avoir à penser au fait que j'ai perdu du temps à cause d'un quiproquo débile. Quoiqu'il en soit, je sais tout à fait ce que je dois faire maintenant.

De ma main libre, je l'attrape derrière la nuque, délicatement, la colle à moi et me penche pour l'embrasser. Immédiatement, la chaleur de son corps à travers ses vêtements, la légère odeur d'agrumes de ses cheveux, la douceur de ses lèvres que j'effleure des miennes, tout ça suffit à me faire perdre la tête. Je descends de sa nuque à ses fesses, remonte le long de ses hanches jusqu'à sa poitrine que je caresse fiévreusement par-dessus son top. Le corps de Caleigh est terrible ! Dans un grognement sourd, j'approfondis notre baiser et elle entrouvre les lèvres, me laissant tout le loisir de goûter sa bouche. J'enroule avec délice ma langue autour de la sienne, les livrant à une danse, une espèce de combat langoureux dont aucun de nous ne sait s'il en sortira victorieux. Mais est-ce que c'est si important ?

À cet instant précis, la seule chose dont je suis sûr, c'est que j'adore embrasser cette fille. J'adore la sentir contre moi et heureusement qu'il subsiste la barrière de ses vêtements parce que si ce n'était pas le cas, je crois que je serais déjà en train de la baiser comme un fou sur le putain de comptoir de la cuisine et je suis sûr que j'adorerais me perdre en elle.

Bon sang, elle me rend cinglé !

On sonne à la porte, il faut croire que ça tombe à point nommé ; un peu plus et je tombais la serviette. Et croyez-moi, après ça personne n'aurait plus pu nous déranger. À regret, j'arrête de l'embrasser et colle mon front contre le sien, les yeux fermés afin de garder encore un peu avec moi ce baiser de folie.

— Et là, haleté-je à bout de souffle comme elle visiblement. Ça répond à ta question ?

Sans prononcer un mot, elle me repousse avec un sourire crispé et court ouvrir la porte.

— Salut, petit rayon de soleil, claironne Brad.

Je sors à mon tour de la cuisine. Brad et Stan marquent un temps d'arrêt en me voyant vêtu en tout et pour tout d'une serviette, puis leurs regards étonnés passent de Caleigh à moi. Je ne bouge pas d'un pouce et ose même afficher un sourire satisfait. Quant à Caleigh, elle rougit encore plus qu'elle ne l'avait fait dans la cuisine. Stan brise enfin le silence :

— Euh… question, les gars : on interrompt quelque chose ?

— À vrai dire, oui, réponds-je le plus sérieusement du monde en m'appuyant négligemment au chambranle de la porte.

— Non ! s'exclame Caleigh en me gratifiant d'un regard noir.

Je réprime à grand-peine mon rire. Elle est tellement mignonne lorsqu'elle est gênée. Ceci dit, je ne peux pas lui en vouloir de sa réaction. J'imagine qu'elle ne doit pas savoir comment gérer la situation. Moi-même, je ne m'attendais pas à ce que ce simple baiser me retourne littéralement le cerveau. Donc, je décide de lui laisser un peu de temps pour savoir quoi faire de ce qui vient de se passer. Je suis sûr qu'elle appréciera le fait que je la laisse gérer les choses avec elle-même.

Je désigne ensuite du doigt le sac à dos que tient Brad.

— Tu as ce que je t'ai demandé ?

— Ouais, dit-il en me le balançant sèchement.

Au passage, il me jette un regard lourd de sous-entendus. J'ai dans l'idée qu'il n'approuve pas vraiment ma tenue, et encore moins l'état de nerfs de Caleigh. Je soutiens son regard et hausse les épaules, histoire de lui faire comprendre que je me fous de sa bénédiction. Puis je file m'habiller.

Une fois dans la salle de bains, je fouille dans le sac et en sors un boxer et un jean que j'enfile ainsi qu'un T-shirt rouge. Ce dernier est un peu large, mais ça ira très bien comme ça. Lorsque j'arrive dans la cuisine, tous les regards se tournent vers moi. L'instant d'après, mes colocs et Caleigh se marrent comme des bossus en me montrant du doigt. Je baisse les yeux dans la direction qu'ils indiquent et les relève pour fusiller Brad et Stan du regard après avoir enfin remarqué le message inscrit pile sous la ceinture.

— Eat Me[9] ? Vraiment, les gars ?

— T'avais qu'à faire ta lessive, chou ! s'esclaffe Brad.

— Allez, fais pas ta tête de con, Hunter. Viens manger, pouffe son compagnon.

Je m'exécute de mauvaise grâce, un peu vexé par leur blague.

Après quelques muffins tous plus délicieux les uns que les

____
9 « Mange-moi ».

autres et deux tasses du café préparé par Caleigh, l'ambiance est à la rigolade.

C'est le moment.

J'observe un à un mes amis et m'éclaircis la gorge pour avoir leur attention :

— Bon, les gars… je vous ai fait venir pour une raison particulière…

— Ah ouais ? C'était pas seulement pour jouer au docteur avec Caleigh ? raille Brad, le regard un tantinet froid malgré tout.

L'intéressée rougit violemment, quant à moi, j'ai une envie furieuse de coller mon poing dans la gueule de mon colocataire pour lui faire ravaler ses mots. Ça me fout en rogne de savoir qu'il pense que j'ai si peu de respect pour Caleigh. À aucun moment, je n'ai eu l'intention de « jouer au docteur » avec elle. Enfin pas seulement. Je crois que ce que je veux faire avec elle va bien au-delà de ça. Même si je n'ai encore aucune idée d'où ça va nous mener.

Stan intervient comme à son habitude, il semble avoir senti que l'ambiance est en train de virer à l'orage.

— OK, les gars, on se calme ! Hunter, tu veux bien continuer ?

Je hoche la tête en le remerciant du regard. Ce mec est un sage qui s'ignore.

— Ce que j'ai à dire te concerne directement Caleigh, reprends-je en braquant les yeux sur elle.

Comme je m'en doutais, elle se met à gigoter sur son siège. Je sais qu'elle n'aime pas être le centre de l'attention de tous mais il faut qu'elle s'y habitue : elle est très importante pour nous.

— Pourquoi moi ? Qu'est-ce que j'ai encore fait ? demande-t-elle d'une voix tendue.

Je tente de la rassurer en lui offrant un sourire avenant.

— C'est bon, détend-toi, contente-toi d'écouter.

— D'accord, dit-elle d'une petite voix.

— Bien. J'ai repensé à la liste de souhaits de Sasha et je pense qu'on devrait le faire.

— Quoi ? Des vœux ? m'interroge-t-elle sans comprendre.

— Non. Enfin si ça peut te faire plaisir… bref, voilà ce que je propose : toi et moi, on va réaliser les souhaits de ta sœur.

Les yeux écarquillés, Caleigh étouffe un cri de surprise. À côté de moi, les gars applaudissent avec enthousiasme. Visiblement, mon annonce est bien accueillie. Brusquement, Caleigh reprend la parole :

— T'es sérieux ?

— Oui.

— Mais… pourquoi ?

Je réfléchis trente secondes afin de formuler au mieux mon idée, tout en essayant d'ignorer les regards perçants que Brad et Stan dardent sur moi.

Putain, parfois ils sont flippants, quand ils s'y mettent, ces deux-là !

— Ben… j'ai l'impression que…

Et alors que j'ai répété mon discours au moins mille fois dans ma tête depuis ce matin, tout s'embrouille et je perds mes moyens, soudainement incapable de trouver mes mots.

Et si je faisais fausse route ? Et si elle le prenait mal ? Putain, pourquoi j'ai pas pensé à ça ?

— Je crois que ce que veut dire Hunter, c'est que réaliser ses souhaits peut t'aider à aller mieux, reprend Brad avec un grand sourire.

Je lui adresse un remerciement silencieux même si je suis surpris qu'il ait transmis quasiment mot pour mot le fond de ma pensée. Non, en fait, je ne le suis pas du tout : depuis que nous nous connaissons, aussi bien lui que Stanley s'avèrent fins psychologues. D'autre part, à leur contact j'ai ouvert les yeux sur pas mal de choses. J'espère pouvoir être capable un jour d'être d'aussi bon conseil qu'ils le sont pour moi et leur montrer tout le respect qu'ils m'inspirent.

Malgré le discours rassurant de Brad, Caleigh est toujours troublée. Elle se lève puis se rassoit comme si elle n'était pas capable de décider ce qu'elle devrait faire.

— L'idée n'est pas mauvaise mais… c'était des trucs de gamine ! finit-elle par dire avec une moue dubitative.

— Justement ! Ce sera encore plus amusant, déclare Stan un rien sentencieux. T'as besoin de lâcher du lest, Caleigh, et quoi de mieux que de te mettre dans la peau d'une môme de dix ans, t'es pas d'accord ?

Pas très convaincue, elle s'adresse à moi :

— Mouais. Mais toi, Hunter, ça va pas te gêner pour ton boulot ?

Je lui souris un rien satisfait, elle ne le sait pas mais j'ai déjà tout prévu.

— Mon métier me permet de travailler d'où je veux, ma belle. En plus, j'ai explosé mon quota d'heures sup' depuis…

Ma gorge se serre alors que le souvenir de Casey s'impose à moi. Je respire un bon coup et reprend :

— J'ai gagné le droit de lever le pied, vu que j'ai travaillé comme un fou ces derniers mois. Si vraiment l'agence a besoin d'un truc, je pourrais bosser dessus sans être obligé d'être au bureau.

Nouveau regard incertain de Caleigh.

— Hé, on est à l'air d'internet, poupée ! lui rétorqué-je.

Ménageant mon petit effet, je hausse les épaules avant de reprendre plus sérieusement

— Alors, convaincue ?

— Qui va s'occuper de mon chat, si jamais on devait s'absenter ? objecte-t-elle.

Son… chat ? Mais qu'est-ce que ce foutu chat vient faire dans la conversation !?

— Euh, cocotte…, soupire Brad un rien vexé. Rappelle-moi qui a retrouvé Monsieur Moustache et s'en est occupé jusqu'à ce qu'on sache qu'il t'appartenait ?

— C'est vrai, excuse-moi, se rattrape Caleigh d'un ton sincèrement désolé.

Mais mon coloc semble trop agacé pour accepter ses excuses. Il enchaîne :

— Alors maintenant, tu arrêtes de faire ta difficile, tu prends la main qu'on te tend et tu embarques dans l'aventure !

Stanley s'esclaffe :

— Ouh là, c'est qu'on pourrait presque le prendre au sérieux quand il est comme ça ! Encore un peu et il va se fâcher tout rouge, le grand Brad ! Caleigh, si j'étais toi, je ne réfléchirais pas. À moins… que tu ne veuilles faire la connaissance du jumeau maléfique de mon compagnon ?

Malgré ces menaces, dont elle devrait grandement se méfier, elle ne répond pas tout de suite. J'ai l'impression qu'elle essaie d'intégrer tout ce qu'on vient de lui dire afin de pouvoir prendre une décision.

— OK, ça marche, finit-elle par dire.

— Chouette ! On a une nouvelle mission ! s'exclame Brad, redevenu soudainement euphorique.

Devant ce brusque changement d'humeur, Caleigh le regarde, interloquée.

— Tu m'expliques ? Comment ça, une mission ? Et

d'abord, pourquoi nouvelle ?

Haussant un sourcil curieux, je choisis de ne rien dire et de laisser les gars se dépatouiller avec ça. Ils n'auront qu'à prendre ça comme un retour de bâton après le coup du T-shirt. Sans grande surprise, c'est Stan qui s'y colle : c'est lui le plus à même de dire les choses avec assez de tact et de diplomatie pour éviter qu'on leur arrache la tête.

— D'abord, mon petit rayon de soleil, tu dois me promettre de ne pas nous en vouloir.

Juste après avoir prononcé ces mots, il se tait et fixe Caleigh avec insistance. Amusée malgré elle, celle-ci trace un signe de croix sur son cœur d'un geste solennel.

— Promis ! assure-t-elle le plus sérieusement du monde.

— Le soir où on est venu manger chez toi… la première fois, tu te souviens ?

Elle hoche la tête et Stan reprend :

— On a vu ton post-it sur ton frigo et on n'a pas pu s'empêcher de tout faire pour que tu recommences à sourire. Tous les trois, on a décidé de mettre en place ce qu'on a appelé l'opération « Hello Sunshine » et…

— Alors les fleurs, les sorties, les petites attentions… ? C'était pour ça ? nous questionne-t-elle en fronçant les sourcils et posant un regard acéré sur chacun d'entre nous.

Sous mes yeux, mes colocataires se tassent légèrement sur leur siège, soudainement mal à l'aise. Personnellement, je n'en mène pas large non plus mais je me dis que même si elle nous en veut, on a fait ce que nous devions. Elle finira bien par le comprendre.

— Oui, réponds-je à leur place avec honnêteté.

— Merci, les gars, dit-elle tout simplement. Je ne savais pas que je comptais autant à vos yeux. Ça me touche beaucoup.

Ces quelques mots font retomber d'un seul coup la tension qui nous habite. Soulagés, nous affichons de grands sourires niais. Enfin, surtout Brad et Stan. Moi, je ne fais pas dans le niais.

— Et comment on va l'appeler, celle-là ? reprend Caleigh.

Nous nous regardons, un brin surpris qu'elle se prête tout de même d'aussi bonne grâce au jeu. Caleigh peut être vraiment étonnante, lorsqu'elle s'y met. Brad et Stan réfléchissent pendant que moi, encore une fois, je passe mon tour. Honnêtement, je sais que les colocs sont des pros lorsqu'il s'agit de donner des noms un peu débiles à des trucs qui ne le sont pas moins.

— « À tes souhaits » ? lance Brad au bout de quelques minutes, le regard plein d'espoir.

Stan, Caleigh et moi nous observons. Je suppose que chacun réfléchit à la pertinence de ces mots. Caleigh est la première à approuver, puis c'est à mon tour et celui de Stan. Alors, avec un sourire lumineux, Brad nous sert un verre de jus d'orange à chacun puis lève le sien.

— Je crois que c'est pile le bon moment pour ça, alors je

lève mon verre à la mission « À tes souhaits ».

— À la mission *et à Sasha*, le reprend Stan.

— À la mission et à Sasha, répétons-nous en chœur en levant nos verres.

Nous buvons en silence et j'observe ces trois personnes qui sont entrées par hasard dans ma vie, il y a peu. Mais est-ce vraiment un coup du destin ? Mes potes… Ces deux fous de colocataires, prêts à se plier en quatre que ce soit pour Caleigh ou pour moi, desquels je ne suis plus sûr de pouvoir me passer. Ils m'ont tant apporté. Caleigh, une fille un peu bizarre au caractère qui se trouve être le reflet du mien. Mon amie, et pas que… mais ça, je compte bien le lui faire comprendre à un moment ou à un autre, partir avec elle pour réaliser les souhaits de sa sœur m'en donnera certainement l'occasion.

Et croyez-moi ou non, j'ai bien l'intention d'utiliser tous les moyens à ma disposition.

N'oubliez pas que mon prénom est Merlin.

Parce que j'ai écrit ~~sous ecstasy~~ en musique…

… ce livre a une playlist ! Oui, oui, oui ! Voici donc les titres ~~que j'ai écoutés en boucle~~ qui ont accompagné l'écriture de *À tes souhaits…* :

Hymn For The Week End – **Cold Play**

If I Like It, I Do It – **Jamiroquai**

Cosmic Girl – **Jamiroquai**

Let's Get Intimate – **Barry White**

Let's Get It On – **Marvin Gaye**

We Are Family – **Sister Sledge**

Take Me To Church – **Hozier**

Trouble – **Cold Play**

In My Place – **Cold Play**

Revolution 1993 – **Jamiroquai**

The Kids – **Jamiroquai**

Jimmy Olsen's Blues – **Spin doctors**

Feelings – **Maroon 5**

J'ai testé pour vous…

Les lasagnes de pomme de terre :

3 grosses pommes de terre à chair farineuse

500 g de sauce bolognaise

50 g de jeunes pousses d'épinards

300 g de fromage râpé

Nettoyez les pommes de terre et coupez-les en fines tranches.

Étalez une première couche de lamelles de pommes de terre sur le fond d'un plat allant au four. Recouvrez d'une couche de sauce bolognaise, puis de feuilles de jeunes pousses d'épinards (préalablement nettoyées) et de fromage râpé.

Refaites un nouvel étage jusqu'à ce que votre plat soit rempli : pommes de terre, sauce bolognaise, épinards, fromage.

Vous pouvez maintenant enfourner à 160°C pendant 90 minutes. Sur les dernières minutes, vous pouvez passer en mode « Grill » pour gratiner le fromage.

C'était super bon ! ☺☺☺

Remerciements

Eh bien voilà, le volume 1 de À tes souhaits… est terminé.

Au départ, lorsque j'ai commencé à écrire cette histoire, je ne me doutais pas que j'aurais à ce point envie de prolonger les choses mais au fil des pages, il devenait de plus en plus évident qu'Hunter et Caleigh avaient des tas de choses à dire. J'espère en tout cas que vous avez aimé ces deux personnages, ainsi que leurs amis et leur univers. Vous les retrouverez bientôt dans une suite qui, j'espère, sera rythmée, déjantée, drôle et romantique au possible.

En attendant, je voudrais remercier Dragon pour la séance de corrections surréaliste de ce livre. Merci de m'avoir fait rire à en attraper mal au ventre, un peu moins pour les poignées de cheveux arrachées. Merci à Jean-Pierre Foie aussi, pour la bonne tranche de rigolade.

Cette histoire ne serait rien sans Brad et Stan, ces deux gars-là existent vraiment et j'ai la chance de les compter parmi mes amis. Je voudrais en outre dédier ce livre à la mémoire d'Isabelle, mon amie d'enfance, partie beaucoup trop tôt. Tu vas nous manquer à tous, mon petit rayon de soleil.

Et last but not least…

Un grand merci à Will, mon graphiste et mari qui non seulement ~~supporte mon sale caractère~~ me soutient, mais réalise aussi toutes mes couvertures. Je ne sais pas ce que je ferais sans toi, mon amour. À mes enfants, pour leur patience.

À mes bêtas et mes amis, Virginie, Carine, Clem ma Binômette, Annabelle, Terence, l'autre Virginie… pour leur indulgence, leur réactivité, leur sens de l'humour et leur grande disponibilité.

Spécial thanks to Kelsonus Rex, tu déchires ma keupine !

À mes lectrices, les meilleures du monde… je vous aimeuh !

À mon opérateur téléphonique et mon forfait illimité sans lesquels les longues séances de corrections (et de crises de rire) ne seraient pas possibles.

Enfin, je ne remercie pas Windows 10 pour avoir fait planter Word.

10, si tu m'entends : c'était vraiment pas cool ! ☹☹☹

À tous… Un grand merci ! Et j'espère vous retrouver bientôt pour un prochain roman.

Des bisous !

Maddie.

depot légal août 2016